KB069193

잇츠 마이 라이프 3

초판 1쇄 인쇄일 2022년 01월 17일 | **초판 1쇄 발행일** 2022년 01월 26일

지은이 초촌 | **펴낸이** 곽동현 | **담당편집 팀장** 이범수
편집부 정요한 최훈영 조혜진

펴낸곳 (주)조은세상 | 출판등록 제2002-23호
주소 서울특별시 동작구 동작대로1길 27 5층
TEL 02)587-2966 | FAX 02)587-2922
E-mail bukdu@comics21c.co.kr

초촌©2022
ISBN 979-11-391-0356-4 | ISBN 979-11-391-0352-6(set)
값 8,000원

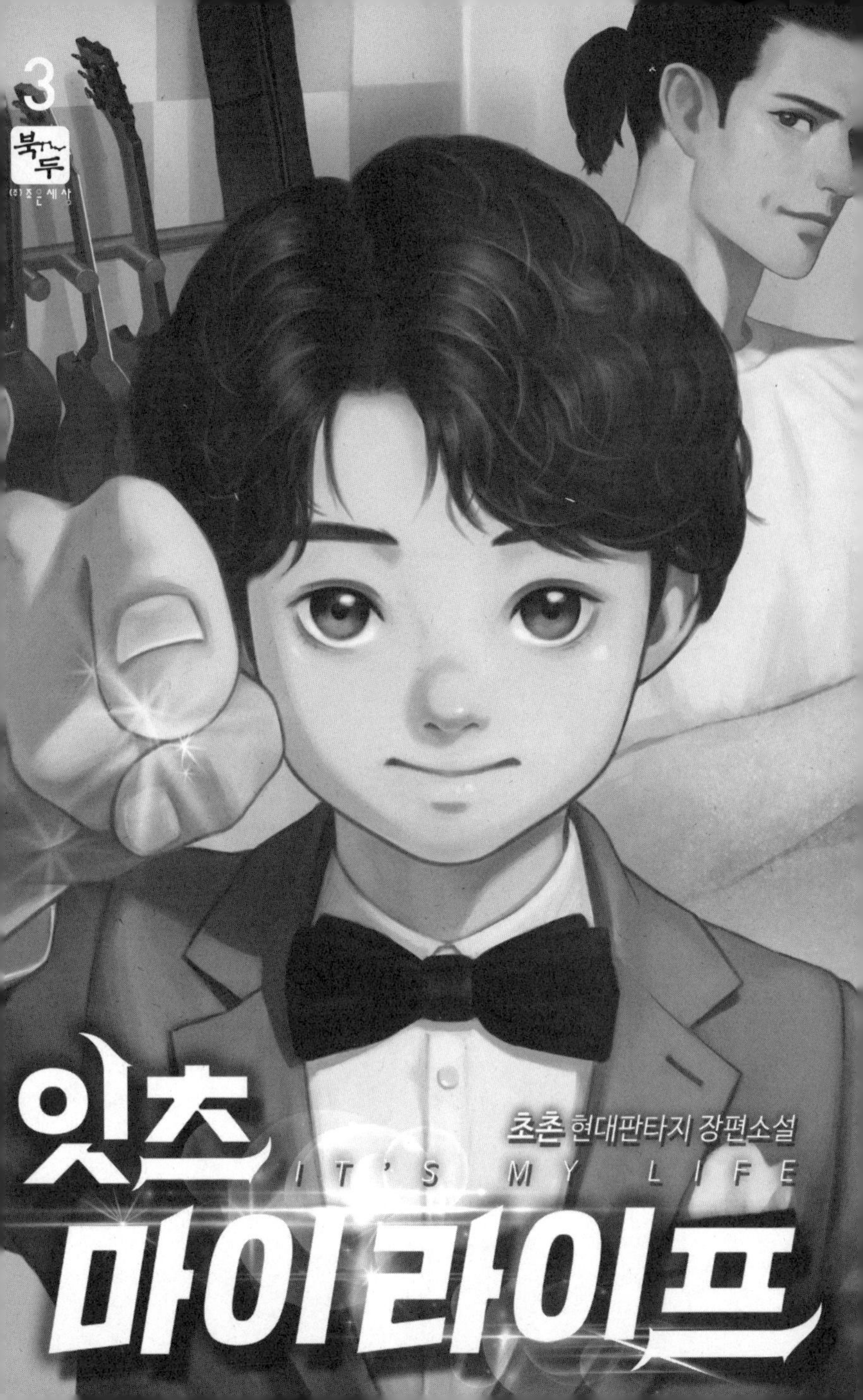
3
북두
(주)좋은세상
잇츠
IT'S MY LIFE
마이라이프
초촌 현대판타지 장편소설

초촌 현대판타지 장편소설

MODOERN FANTASY STORY

CONTENTS

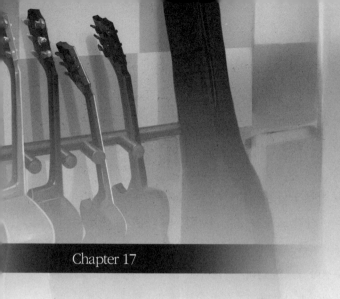

어느 정도 곡에 대해 익숙해지자 이번엔 포지션을 달리해서 본격적인 작업에 들어갔다.

나민에겐 조용길이 붙고 안산수에겐 인순희가 개인 레슨에 들어갔다. 듀엣곡이라 두 사람 간 호흡이 중요하니 일단 놔두고 나는 김도항과 이문셈에게 붙었다.

"자, 시작해 볼까요?"

하지만 이문셈은 내가 알던 그 이문셈이 아니었다.

감미로우면서도 짙은 이문셈표 발라드에 익숙해 있던 나로서는 당혹스러운 순간이었는데.

'창법이 달라. 그냥 깔끔하기만 한 노래야. 성악 기반인 건 맞고 다 좋은데. 본인 특유의 감성을 못 살리고 있어. 왜 이러지?

이문셈이 원래 이랬던가?

이문셈 - 최성순 - 변진석 - 신승후 - 성신경으로 이어지는 대한민국 발라드 계보가 처음부터 달린 게 아니었던가?

제 갈 길을 못 찾고 있었다.

아직 작곡가 이영운을 못 만나서 그런가? 내가 즐겨 듣던 '소녀', '난 아직 모르잖아요', '사랑이 지나가면', '옛사랑' 같은 곡은 지금 줘도 절대 부를 수가 없었다.

난도질이 필요한 상태.

이문셈에게 잠재된 발라드의 피를 깨워야 했다.

"턱을 더 내밀어 보세요. 그렇죠. 예에, 사알짝. 입도 조금만 더 앞으로 내밀어서 목을 동그랗게 만들고 지금보다 짙은 소리를 내보세요. 그러죠. 훨씬 듣기 좋네요. 이 곡의 배경은 넓디넓은 아프리카 초원이에요. 멀리 떨어진 연인이 서로를 그리며 부르는 노래죠. 그들을 가로막는 벽이 크고 넓다지만 기필코 이겨 낼 거라는 다짐을 하는 거예요. 맞아요. 조금 더 껍질을 깨 보세요. 울어선 안 돼요. 겉으론 담담하게. 그 열정을, 그 심정을 담아 날리는 거예요. 할 수 있어요. 형은 가능해요. 형이 앞으로 대한민국 발라드를 이끌게 될 거예요."

너무 기대가 컸던지.

필요 없는 말까지 꺼냈다.

하지만 그게 뇌홍처럼 작용했는지 이문셈은 자세가 달라

졌고 정말 그렇게 될 수 있을까라고 아마추어처럼 묻진 않았지만, 표정으로 얘기했다.

나도 그렇게 되고 싶어.

이 사람, 지금 진심이었다.

"좋아요. 그렇게 내일까지 연습해 오세요. 뭐가 제일 중요하죠?"

"담담하지만 짙은 감성, 단단하지만 부드러운 음색."

"맞아요. 괜찮으면 바로 녹음에 들어갈게요. 자신 있죠?"

"그래, 무조건 해 올게."

그가 돌아가고 다음은 김도항 차례였다.

흰머리에 빵모자, 두툼한 살집에 느릿한 몸짓은 누가 봐도 50~60대인데 올해 서른다섯밖에 되지 않았다.

도를 아십니까? 풍이기도 하고.

나는 기대감을 속으로 삼켰다.

김도항이다.

내 앞에 김도항이 있다.

어떨까?

과연 해낼 수 있을까?

하지만 연주가 시작되자 그는 내 앞에서 바로 손가락 튕기기로 박자를 맞췄고 Don't Worry Be Happy의 멜로디에 자기 음색을 실었다.

오우, 쉣!

하나였다. 마치 그를 위해 탄생한 곡 같았다.

나도 활활 타올랐다.

"지금 좋은데 조금 더 놓으셔도 돼요. 여기 누구도 아저씨 마음대로 부른다고 뭐랄 사람 없어요. 그래요. 더 자유롭게. 더 훨훨 나세요. 쥐뿔 없어도 우린 행복할 수 있잖아요. 괜찮아 다 잘 될 거야. 살다 보면 문제가 생길 수 있지만, 그때마다 찡그릴 필요는 없어. 그래요. 그렇게 그렇게 허허허, 웃어 주세요. 라고 말해 주세요."

흥을 북돋자 슬슬 취기가 오르는지 김도항의 얼굴도 펴졌다. 스스로도 즐기기 시작했다.

그 덕에 더 좋아지고 더 풍부해졌다. 더더욱 평화로워졌다.

김도항표 진한 풍미가 생기기 시작했다.

"어머, 맞아. 쟤가 원래 저렇게 불렀어. 내가 박자 안 맞추고 난잡하게 부른다고 혼낸 적 있는데. 내가 잘못했나? 이렇게 잘 부를 줄은 몰랐네."

얼마나 잘하는지 뒤에서 뾰족한 음성이 터졌다.

이민자였다.

둘 사이 무슨 일이 있었는지 모르겠지만, 이 순간 이민자를 탓해선 안 될 것이다. 어찌 됐든 청중이 듣는 데 불편하다면 그도 또한 김도항 잘못이니까. 막 부르는 거랑 자유로운 건 엄연히 다르다.

하지만 나도 아직 끝나지 않았다.

겨우 여기에서 멈추려고 조용길한테 뺏은 것이 아니다.

달리는 말 궁둥이에 채찍을 때렸다.

"아저씨, 휘파람 불 줄 아세요?"

분다.

그것도 도입부의 평화로움까지 실어.

오오오~ 너무 좋아.

잘하니까 또 때렸다.

"아저씨, 아카펠라 할 줄 아세요?"

이것도 한다.

혼자서 여러 음을 넣으며 Don't Worry Be Happy에 생명력을 불어넣고 있었다.

이 정도면 거의 하드캐리.

더할 나위 없었다.

Bobby McFerrin과 완전히 다른 김도항만의 음악이 단 몇 분 만에 완성되고 있었다.

박수와 함께 나는 은근슬쩍 Under the Sea도 줬다. 관심 있으면 불러 보라고.

"……!!"

더 잘한다.

천성이 원래 이쪽 계열인지 고삐를 풀어 주자마자 야생마처럼 날뛴다.

나는 더욱 힘을 불어넣어 주었다. 원곡 가수 Samuel E.

Wright의 뺨을 사정없이 후려치는 음색에 그의 기쁨과 정열을 쏟아부었다.

클라이막스였다.

너무도 행복한 레코딩이었다.

"내일까지 연습해 오세요. 내일 바로 녹음 들어갑니다."

다들 내보내자마자 곧바로 지군레코드 사장에게 갔다.

"어때요?"

"……"

말없이 엄지를 치켜든다.

그럼그럼그럼.

"완성도도 괜찮죠?"

"괜찮긴…… 여태 내가 이 바닥에서 구른 게 몇 년인데. 난 이런 앨범을 단 한 번도 본 적 없어."

"맞아요?"

"확실해."

"그럼 하나 여쭤 볼게요."

"말해. 뭐든 말해 줄게."

"일본의 레코드사 좀 아세요?"

움찔.

허리가 살짝 뒤로 물러난다.

무슨 생각하는지 눈에 보였다.

혹시나 자기를 제치고 다이렉트로 뚫을까 봐?

"그런 거 아니고요. 최소 10년간 친구 하기로 한 거 잊었어요?"

"어! 어, 으응. 미안. 몇몇 레코드사는 알아. 친분도 있고. 소개해 줘?"

"아니요. 전곡을 영어 버전으로 다시 만들 건데 일본 시장을 뚫어 주실 수 있나 해서요."

"영어 버전?"

"한국에서처럼 유통과 판매 대행을 맡는 거죠. 어때요?"

"……."

잠시 생각에 들어가는 지군레코드 사장이었다.

툭 던져봤다.

"혹시 제 곡이 안 통할까 그러세요?"

"아니야아니야. 반드시 통할 거야. 이 정도 쓰는 작곡가가 어딨어? 가수도 확실하고. 잘만 꾸미면 미국 음반인 줄 알 거야. 그러니까 이걸 나한테 맡긴다는 거지?"

"그럼요. 오필승의 유통 책임은 언제나 지군레코드잖아요."

내 말이 마음에 드는지 씨익 웃는다.

"오케이, 거기까지. 만들어만 줘. 내가 다 알아서 할게. 근데 내가 왜 이 생각을 못 했지?"

"그럴 수도 있죠. 그럼 그리 알고 작업해 놓을게요."

아까 녹음실에 들어온 지군레코드 사장을 보고 떠올린 아이디어였다.

페이트 1집을 굳이 한국에만 풀 이유가 있을까?

저 사람 인맥이라면 못할 게 없을 텐데.

내가 알아보고 움직여야 할 일을 대신 해 주는 것이다. 계약을 어떻게 하든 나는 장당 3000원만 받으면 되니까.

이제 진짜 끝.

조금은 지친 몸을 이끌고 집으로 돌아갔더니 현관문을 열자마자 잔뜩 얼어 버린 조형만이 보였고 또 이런 목소리가 들렸다.

"아이고, 할매요. 내 장관 아니라 캤지 않습니꺼."

"그럼 장관님을 장관님이라 부르지 어캐 부릅니꺼? 자꾸 그러지 마이소."

"하아~ 내 짤렸습니다. 대통령이 시원하게 짤라가꼬 지금은 장관이 아니라예."

"예?! 그럼 아무것도 아닙니꺼? 하이고야, 우째 사람을 그렇게 막 짜를 수 있능교. 장관님이 뭘 잘못했다고 그런답니꺼? 대통령 각하도 너무 하십니더."

"아입니다. 따로 할 일이 있어 다른 곳으로 가는 깁니더. 이제는 그냥 위원장이라 부르면 됩니더. 올림픽도 준비해야 하고 아시안 게임도 있어서 이 사람이 할 일이 참 많습니더."

"그렇습니꺼? 아아~ 난 또. 역시 장관님은 큰일을 하시는 분이시라예."

"위원장님, 대운 군이 왔습니다."

"오오, 그래? 대운이 왔나?"

노태운이었다.

그가 나를 반기다 같이 들어오는 강희철을 보고 멈칫 의문을 가지자 신 비서가 급히 내용을 알려 줬다.

"아아! 그대가 강희철 경사요?"

"누구십…… 아! 충성! 경사 강희철입니다."

노태운, 강희철 두 사람 다 서로의 정체를 알아본 모양이었다.

강희철은 자신은 이곳으로 보낸 원흉이 누구인지 이제야 깨달은 거고 노태운 또한 누가 왔는지 처음 본 거다.

"아이고, 고생이 참 많소. 우째 지낼만합니까?"

"고생하지 않습니다. 따라다니며 많이 배우고 있습니다."

"배운다고예?"

"진심입니다. 장 총괄이 어설픈 어른 100명보다 훨씬 낫습니다."

"그래요? 하긴 이놈이 보통 구렁이가 아니지요?"

"솔직히 가끔은 어른으로 착각할 때도 있습니다."

"하하하하하, 맞소. 내도 야만 보면 어디 노회한 정치인이랑 마주친 것 같소. 강 경사."

"넵, 말씀하십시오."

"잘 좀 부탁드리오. 이 사람이 대운이한테 거는 기대가 크오."

"걱정마십시오. 제가 두 눈 시퍼렇게 뜨고 있는 이상 누구도 불손한 목적으로 접근할 수 없을 겁니다."

"하모하모. 사람이 시원시원하구만."

노태운이 고개를 끄덕이자 강희철은 눈치도 빠르게 다시 허리를 굽혀 인사했다.

"그럼 저는 내일 다시 오겠습니다. 말씀 나누십시오."

"알겠소. 아! 내 이 일은 잊지않겠소. 강 경사 나중에 봅시다."

"감사합니다. 충성!"

"충성!"

의기 다지고 경례하고 빠이빠이 헤어지는 두 사람을 빤히 바라보고 있는데 조형만이 슬쩍 옆구리를 찔렀다.

눈빛이 이랬다. 나도 이쯤에서 사라져 줘야 하는 거 아니냐고.

고개를 끄덕이니 눈치 빠르게 인사를 마치고 강희철 뒤를 따랐다.

다 나가자 노태운도 어느 정도 긴장감이 풀리는지 소파에 앉아 피식 웃었다.

"대운아, 내가 요 며칠 바빴다 아이가."

"인수인계 때문에요?"

"맞다. 쥐뿔도 없는 기 얼마나 꼬치꼬치 일을 한 건지. 턱턱 뭉텅이로 넘겨주는데. 내년에 LA에서 올림픽이 열린다고 벌써부터 난리다. 아직 1년이나 남았는데."

"그래요?"

"아! 오늘은 별일 아니다. 그냥 들른 기다. 잘 지내나 하고. 니도 알제? 몸이 멀어지면 마음도 멀어지는 거."

"어장 관리요?"

"어장 관리?"

"귀한 사람일수록 틈틈이 만나 줘야 관계가 유지되잖아요. 말씀대로 몸이 멀어지면 마음도 멀어지니까요."

"하하하하, 맞다. 내 암만 생각해도 니가 필요하다 안 카나. 그래서 이래 성의를 보이는 거다. 내 잘했나?"

"잘 오셨어요."

"니 내 힘 빠졌다고 괄시하는 건 아니제?"

눈썹이 구부러진다.

특유의 유머인 모양.

"누가요. 그런 사람 있으면 제가 달려가 혼내 줄 거예요. 근데 식사는 하고 가실 거죠?"

"하하하하하, 됐다. 됐다 마. 내도 그만 가 볼란다. 마누라가 일찍 들어오라 안 카나."

일어난다.

"벌써 가시게요?"

"가야지. 내 오래 앉아 있으면 느그 할매 몸살 난다. 그라믄 안 되제."

"아……."

"아참, 방에 재미난 게 있던데. 요새 일일학습이랑 뭐 하더나?"

컨설팅 자료를 본 모양이었다.

"기업 컨설팅 좀 하려고요. 가만히 두면 5년 안에 망조가

들 것 같아서요. 20년 뒤에도 1등 할 수 있게 해주려고요."

"옴마나, 니 그런 것도 할 줄 아나? 가만, 동안제약도 있던
데. 그것도 컨설팅하는 기가?"

"그건 사업 제안이에요. 통하기만 하면 국내 기업 1위가 바
뀔지도 모르죠."

"뭐시라?!"

"그렇다고요. 선택은 그들이 하고 저는 가서 불 질러 놓은
거고요."

"불질이라……."

"아마도 며칠 안에 연락 올 거예요. 그건 그때를 대비해 만
들어 놓은 거죠. 그래도 말보단 눈으로 보는 게 더 나으니까."

"허어……."

입을 떡 벌린다.

"아참, 저도 드릴 선물이 있어요."

"선물? 니가?"

"곧 있으면 음반이 하나 나오거든요. 그걸 드리고 싶어요.
제 사인 넣어서."

"니 노래도 하나?"

"노래는 다른 가수들이 하고요. 제가 만든 곡이라서요. 기
념으로 드리고 싶어요."

"오호, 우리 대운이가 음반을 다 내네. 오야. 내 기대하고
있을게. 알았다. 저기 무슨 일 있으면 신 비서를 찾거라. 어지

간한 일은 신 비서 통하믄 안 될 일이 없다. 내 자주 못 들른 다고 섭섭해하지 말고. 알았제?"

"아니에요. 늘 감사드리고 있어요."

"그래, 됐다. 그거 앨범 다 만들면 꼭 보내도고. 할매요. 내 는 갑니더."

"벌써 가십니꺼?"

"가야지예. 집에서 애타게 기다리는 사람 있는데. 빨리 안 가믄 혼납니더."

"아이고, 알겠심더. 그럼 조심히 가이소."

"예예, 할매도 건강하이소."

노태운은 한여름 지나가는 소나기와 같이 훅 왔다가 또 훅 지나갔다.

소나기가 끝나면 개는 날씨처럼 그가 돌아가자 우리 집도 금방 일상을 찾아갔다.

나는 페이트 1집 영어 버전 작업에 들어갔고.

다음 날이 되어 지군레코드로 출근하자 어제 멤버들이 모 두 대기하고 있었다.

더 무슨 얘기를 할까.

곧바로 시작했다.

조용길, 이민자, 패틴 김, 윤신애로 이어지는 독창이 지나 가며 새로 합류한 이문셈과 김도항이 뒤를 받쳤다.

녹음은 아주 순조로웠다.

원체 네임드들이라 그런지 능력 하나는 출중했고 고쳤으면 하는 부분도 완벽하게 마스터해 오는 성의를 발휘하니 걸리적거리는 게 하나도 없었다.

곧바로 듀엣곡이 시작되고 연습 시간 부족이라는 염려와 달리 조용길과 나민은 엎치거니 뒤치거니 뒤섞이며 아주 잘 어울렸다. 둘 다 독특한 음색인데도 화음마저 절묘하게 어우러졌고 조금도 심심하지 않았다. 급기야 남녀가 부둥켜안고 춤을 추는 장면을 연상케 해 줬다.

완성도 굿.

다음은 인순희와 안산수였는데.

인순희 곁에는 센 언니 포스가 가득한 여성과 아직은 어린 티가 팍팍 나는 누나가 한 명 따라와 있었다. 안산수 곁에는 당연히 동생인 안산준이 있다.

그 안산준을 물끄러미 보는데 갑자기 두 팔에 소름이 확 끼쳤다.

'……!'

안산수와 안산준.

수와 준.

이중 안산준은 수와 준이 '파초'로 한창 인기를 구가하고 있을 무렵인 1989년 한강 변을 지나다 괴한들의 피습에 사경을 헤매게 된다.

얼마나 잔악하게 맞았던지 뇌출혈로만 3번의 수술을 하게 되고 가수로서의 생명이 끝난다. 평생 봉사하고 나누고 따뜻한 삶을 살았는데도 비극을 맞이하게 된다.

당시 경찰은 지갑에서 현금이 몽땅 사라진 걸 토대로 단순 강도로 종결하려 했는데 무슨 일인지 다시 이슈가 일며 집중적으로 조사하게 되었고 결국 보복 폭행임을 밝혀냈다.

원흉은 연예인들이 공연하는 업소의 폭력배들이었다.

린치를 가한 이유야 시키는 대로 안 해서일 테고 나중에 법적 처리를 했다지만 안산준의 삶은 망가진 이후라.

그래서 더 소름 끼쳤다.

나에게 노태운이 없었다면?

하나씩 까 본다면 업소 폭력배들과는 차원이 다른 사람이 지군레코드 사장이었다. 그를 어르고 달래 관계를 회복하지 않았다면 어떻게 됐을까?

CCTV도 없고 자동차 블랙박스도 없던 시절이었다.

누가 슥 와서 칼침 놓고 가면……!

생각만 해도 아찔하다.

도저히 녹음할 맛이 안 나 바로 지군레코드 사장에게 갔다.

"왜? 대운아."

얼굴을 보자마자 확신이 섰다.

역시나 법보단 주먹이 더 가깝다.

이 사람의 이익을 보장해 준 건 정말 탁월한 선택이었다.

"저기…… 안산수 씨를 저희 쪽 가수로 데려가면 안 될까요?"

"응? 갑자기?"

"오늘 보니까 쌍둥이더라고요. 이참에 두 사람 다 오필승에 넣을까 하고요. 사장님이 안 된다면 할 수 없고요."

어제 그냥 내가 계약했으면 끝날 일이었는데.

"으음, 그래? 나야 걔 하나 없어진다고 크게 달라질 건 없는데. 왜?"

"마음에 들어요. 톤도 좋고. 성품도 좋아 보여요. 업소 이런 데 안 다니고 노래만 해도 먹고 살게 해 주고 싶은데. 괜히 그냥 그런 마음이 들어서요. 안 될까요?"

"……어려울 건 없는데. 쩝, 알았다. 그놈이 좋다면 데려가라. 그건 그렇고 어제 네가 한 말 잘 생각해 봤는데 말이야."

슬금 붙는다.

"뭐요?"

"그거 있잖아. 일본."

"아! 일본 건이요?"

"그래, 일본 건. 그거 정말 전적으로 나에게 맡길 거야?"

눈을 빛냈다.

그동안 계산이 끝난 모양.

설레발은.

"당연히 아니죠."

"응?"

"일본 앨범 가격이 한국보다 더 비싸잖아요."

"알아?"

"우린 5000원에 맞춰 주세요. 일본이든 미국이든 해외로
나가는 전부 5000원이요."

현재 환율은 100엔당 300원꼴이다.

"아……."

"어려워요?"

"아니, 그게 일본에서 나오는 LP 가격은 너도 알지? 2000엔
에서 2500엔이야."

"예."

"근데 네가 5000원 달라면 저쪽에서 할까?"

"하겠죠."

"왜? 그건 일본 국내판만 그렇잖아요. 해외에서 오는 앨범
은 일본도 가격이 천지차이 아닌가요?"

"……그러네."

"더 올려 받으라 해요. 알아서 마진 붙여서. 우린 5000원만
받으면 되니. 자신 없어요?"

"……."

"제 앨범 퀄리티를 보세요. 대체 어디에 일본물이 묻어 있
고 한국물이 묻어 있어요? 다들 어디 해외앨범인 줄로만 알
겠죠."

"그러네."

"하실 수 있죠?"

"해야지. 웅, 해야지."

"감사해요."

"뭘, 내가 더 감사하지. 아참참, 조용길이 5집 고친 거 다시 왔다."

샘플링된 앨범을 한쪽에서 꺼내 줬다.

문제점이 없었다. 하라는 대로 확실히 한 모양.

"이대로 가도 되겠어요."

"오케이."

"사장님, 부디 많이 팔아 주세요."

꾸벅 인사.

"알았쓰. 걱정 마라. 조용길 앨범은 무조건 성공이다."

"그럼 돌아갈게요."

"알았다. 수고하고."

마무리 짓고 인순희와 안산수에게 갔다.

두 사람 실력이라면 분위기만 잡아 줘도 문제없을 것이다.

녹음이 끝나자마자 데려가면 끝.

불행의 씨앗 정도는 어떻게 막은 것 같은데.

마음이 편했다.

'다음은 저 사람이네.'

인순희와 같이 온 여성들.

한창 완숙미를 뽐내는 여인은 이름이 한백이라고 했다. 스스로 가수 출신이며 인순희와 '오늘 밤', '가장무도회', '삐에로는 우릴 보고 웃지'를 부른 김완서를 성공시킨 뛰어난 매니지 먼트의 소유자.

대한민국 최초로 연습생 개념을 넣은 사람이었고 SM의 아 버지 이순만이 그걸 벤치마킹, 체계화시켜 큰 성공을 일구어 냈다.

이후 대한민국 가요계가 어떤 식으로 돌아갔는지 기억한다 면 저 사람 한백이가 가지는 의미는 절대로 무시할 수 없었다.

그리고 그 옆.

어린 김완서는 지금 한창 인순희와 리듬 터치 멤버로 무대 경험을 쌓는 중이라.

그걸 바탕 삼아 1986년 '오늘 밤'으로 데뷔한다. 이후 내는 족족 가요계 판도를 갈아 버리며 승승장구.

그러나 13년간 무임금 노동이니 뭐니 하며 파경을 맞게 되 고 강제 은퇴를 맞는다.

웃긴 건 김완서가 뜰수록 인순희는 극심한 슬럼프에 빠지 게 되는데.

김완서가 파탄으로 은퇴한 시점부터는 인순희가 또 제2의 전성기를 누리게 된다.

알다가도 모를 일이긴 하나 어쨌든 이런 꼴을 두고서라도 한백이의 센스는 가히 발군이라 할 수 있었다.

그런 그녀가 A Whole New World의 멜로디에 주먹을 꽉 쥐었다.

나는 모른 척 미리 준비해 둔 영어 가사지를 모두에게 나눠 줬고 이틀 뒤에 다시 모이자고 했다.

페이트 1집 해외 버전을 제작하겠다고.

◇ ◆ ◇

- 괴로워도 아파도 나는 안 울어…… 내 이름은 내 이름은 내 이름은 사탕~.

1983년 4월부터 매주 일요일 아침을 여는 '들장미 소녀 캔디'였다.

잠시 시간이 남아 TV를 틀자 나온다.

왠지 추억 돋아 가만히 바라보는데 캔디는 울고 안소니는 달래고 테리우스는 떠나지도 않고 츤츤거린다.

원작엔 테리우스가 저렇게 생긴 모양이다. 생각보단…… 음.

저놈은 훗날 자기가 잘생김의 대명사가 될 줄 알까?

본디 들장미 소녀 캔디는 1977년 9월 '캔디'란 제목으로 MBC문화방송에서 첫 방영 됐다. 흑백으로.

로봇 기갑물로 대변되는 남자 만화의 대척점에 선, 여자 만화의 대표격이라 컬러가 되어 돌아온 캔디는 제법 신선했다.

"재밌네. 허술하고."

개연성이고 뭐고 나발이고 울면 그만. 그러면서도 계속 안

운단다.

조그만 여자애가 왜 그렇게 적이 많은지.

매일 혼나고 매일 위로받고 매일 들판을 달린다.

가만히 보면 이 시대 방영하는 만화들은 막장이 많았다. 은하철도 999도 인물 관계도와 설정이 어마무시하고 요술공주 밍키는 교통사고로 죽는다. 하록 선장은 왜 그 모양이고 플란다스의 개는 얼어 죽는다. 어린 시절 네로가 죽는 걸 보고 얼마나 울었는지.

안 보면 그만인데.

워낙에 볼거리가 없던 시절이라 만화라면 일단 무조건 눈부터 갔다. 돌이켜보면 말도 안 되는 내용도 많았고 갑자기 연중되는 경우도 있었는데 온 세상 어린이들은 무조건적으로 사랑해 줬고 기다려 줬다. 심지어 작가가 그런 줄 알라고 하면 그런 줄 알았다.

새로운 컨텐츠에 대한 포용력이 크다고 해야 하는 건지 목줄 잡힌 강아지 꼴이라고 봐야 하는 건지.

작가 출신 회귀자로서 은근 자극받았다.

'내가 애니메이션 사업에 뛰어들면 어떤 일이 벌어질까? 당장에 김청길 아저씨한테 달려가 '우뢰매'를 만들자고 하면? '영구와 땡칠이'를 만들면? 엽기 토끼도 만들고 뽀로로도 만들고 아기 상어도 만들면 어떨까?'

어긋나도 악댓 하나 없고 뭐든 신나게 봐줄 텐데.

순간 다시 글줄이나 써 볼까 충동이 들었으나 고개를 저었다.

지금 하는 것만도 버겁다. 그래서 해리 포터도 과감히 포기한다.

있는 거나 잘하자.

"대운아, 가자."

조형만이 왔다. 강희철과.

일요일임에도 내 스케줄은 계속.

오늘은 일일학습 CF 촬영하는 날이다.

두 사람과 오라는 장소로 갔더니 소화기만 한 카메라에 반사판, 조명이 연결된 전선이 먼저 보였다.

십수 명의 스태프가 돌아다니고 그 가운데 김영현 사장이 여전히 생각이 많은 표정으로 앉아 있었다.

이상훈 과장, 정태식 부장도 뒤에 서 있었는데 표정엔 피곤함이 역력했다.

'일요일에 쉬지도 못하고. 미안하게. 빨리 끝내 주는 게 좋겠지?'

뭐 사장이 가자고 하면 산에도 올라야 하고 낚시도 해야 하고 축구도 해야 하는 시절이라.

하물며 회사 홍보를 위한 촬영 날에 빠진다는 건 회사를 그만두겠다는 얘기였다.

'하긴 2020년도에도 이 정도 특별한 이벤트는 빠져선 안

30

됐지.'

우리 사이에 할 얘기는 없었다.

빨리 일할 생각으로 감독과도 잠깐 인사하고 준비된 옷으로 입고 분장 하고 컷이 울리는 순간 배역에 맞는 연기를 시작했다.

S1# 공부가 버거운 아이.

어수룩한 분장의 아이가 열심히 끄적대지만 아무리 해도 틀렸다는 빨간색 빗금만 지나간다.

좌절한다.

"도대체 어떻게 공부해야 잘할 수 있지?"

S2# 아인슈타인이 도와준다.

하얀 가발에 똘똘이 안경, 하얀 수염을 단 내가 나타난다.

"공부 잘하고 싶니?"

"예!"

"그럼 이걸 풀어 보렴."

일일학습을 내민다.

아이는 마치 유레카를 외친 것처럼 표정이 밝아지며 분장도 어느덧 똘똘이 안경이 덧씌워진다.

두 팔 번쩍 만세.

시험지에 빨간색 동그라미만 나온다.

아인슈타인이 앞으로 나와 말한다.

"여러분들 곁에는 23년 전통의 교육 전문 기업 일일학습이
있습니다."

컷.

몇 신이 더 있었지만 다 비슷했다.

내가 다 연기했고 나만 찍었다.

나 하나로 뽕을 뽑은 김영현 사장은 만족하여 박수 쳤고 뒤
의 떨거지들도 일찍 끝난 것에 기뻐했다.

줄 거 주고 받을 거 받았으니 일일학습 전국 단합 대회 때
다시 만나기로 약속하고 안녕.

오랜만에 나온 지라 돼지갈비나 하나씩 뜯고 들어갔다. 실
컷 먹고 포장 잔뜩, 양손 무겁게 해서.

나머지 시간은 모처럼 할머니와 한강 변을 거닐며 한가한
시간을 즐겼다. 이제는 친해진 미애 아줌마랑도 만나서.

미애 아줌마는 일전 기저귀 갈다 만난 그 아줌마다. 나에
게 팬티형 기저귀의 가능성을 보여 준 사람. 나중에 특허가
팔리면 집이라도 한 채 해 줄까?

다음 날이 되어 지군레코드로 출근하자 조용길이 가장 먼
저 반겼다.

"대운아, 왔어?"

"예."

"잘 쉬었나 보네. 얼굴이 좋아."

"그래요?"

"그럼."

"어제 고기를 먹어서 그런가? 돼지갈비 먹었거든요."

"정말? 맛있었겠다. 그래, 잘 먹어야 잘 크지. 많이 먹었어?"

"예, 아저씨도 있으면 좋았을 텐데. 할매가 아저씨 또 안 오냐고 물으세요."

"그래? 하아…… 한 번 찾아봬야 하는데 내가 기타만 들면 아무 생각이 없어져서. 잘 계시지?"

"안부만 묻지 말고 저녁 정도는 우리 집에서 들고 가시는 건 어때요?"

"으응?"

무슨 소리냐는 표정이었다.

"할매도 그렇게 말하시던데요. 집에 가면 챙겨 줄 사람도 없는데 어떡하냐고. 맨날 사 먹는 거 아니냐고요."

"……그런 말씀도 하셨어?"

은근 기뻐한다.

"그럼요. 안 그래도 같이 살았잖아요. 밥상 차리는데 숟가락 하나만 더 놓으면 되는데요. 한동안 자리 비었다고 할매가 아쉬워했어요."

"으음……."

"고민하지 마시고 같이 가요. 우리가 뭐 남인가요? 동지잖아요. 평생 같이할 동지. 아저씨가 오는데 누가 막아요. 다 환영이지. 뭐 가끔 불청객이 찾아오긴 하는데 그때도 아저씨가 있으면 좋잖아요. 아무래도 집에 어른 남자가 있어야 좋죠."

"……."

답은 곧바로 나오지 않았으나 감동한 눈빛은 확실히 전해받았다.

나도 더 당기진 않았다.

문을 여는 건 조용길의 일이니까.

같이 녹음실에 들어가자 모두가 환한 표정으로 나를 반겼다. 지난 토요일 오필승으로 소속사를 옮긴 수와 준도 있었고 한백이랑 김완서도 똑같이 와 있었다.

'얘들은 왜 자꾸 오지?'

한백이의 센스가 발군이라 한들 나에 빗댈까.

감히 이레귤러한테.

모른 척 가수들에게 말했다.

"오늘을 기점으로 페이트 1집 녹음을 마칠 생각이에요. 그동안 도와주신 분들께 소정의 가창료를 지급할 거고요. 비록 앨범의 주인은 저이지만 향후 본인 노래로 활동하는 것도 적극 지원할게요. 남은 시간 최선을 다해 마무리해 주시기 바랍니다."

"난 돈 필요 없어."

갑툭튀.

이민자였다.

"난 나중에, 그러니까 또 앨범 만들 때 끼워 주기만 하면 돼. 난 그거면 돼."

"어머어머어머, 그게 제일 큰 거잖아. 아닌 척 엑기스는 혼자 다 가져가려 해. 대운아, 나도 끼워만 주면 가창료 같은 건 안 줘도 돼. 내가 돈이 없어서 여기에 있겠니?"

패틴 김까지 나서자 한백이의 눈길을 받은 인순희도 자기도 그렇다며 나섰고 윤신애도, 김도항도 이문셈도 너도나도 다음 앨범에 끼워 달라고만 하였다.

나로서도 언감생심이라.

어린 것이 까분다고 괘씸죄나 받을 줄 알았는데 생각보다 호응이 좋았다.

"사실 저도 페이트 2집을 모두 염두에 두고 있긴 해요. 곡 구상은 모두 마쳤고요. 2집도 그냥 넘어가진 않을 테니까 너무 걱정 마세요."

"으응? 곡 구상을 벌써 마쳤다고?"

"어머어머어머, 그게 정말이야?"

"우와~ 말도 안 돼."

"믿어도 돼요. 대운이가 저번에 3집까진 구상을 마쳤다고 했어요."

조용길까지 나서자 다들 나를 괴물처럼 봤다. 그 눈빛에 탐욕이 깃들었다.

"나 꼭 불러 줘야 해. 다른 건 몰라도 네 곡은 꼭 할 테니까."

"나도. 나 안 부르면 정말 섭섭해 할 거야."

"네네, 그래도 가창료는 꼭 받으셔야 해요. 정당한 대가니까요. 여기에서 바로 말씀드릴게요. 이민자, 패틴 김 선배님들은 2백만 원, 나머지 분들은 1백만 원을 드릴 생각이에요. 적은 금액이지만 제 성의니까 마치고 나가실 때 받아 가시면 됩니다."

"알았어. 이렇게까지 말하는데 안 받으면 섭섭해하겠지."

"그건 동의. 대운이가 섭섭해하면 안 되지. 얘들아, 너희들도 다 받아 가야 한다."

모른 척 입을 싹 씻어도 될 테지만 줄 건 줘야 나중에 좋다.

'피가 쭉쭉 빨려 나가는 기분이네.'

오필승 엔터테인먼트의 자본금이 5억이라고 한들 1억은 여의도 부지 계약금으로 사라졌고 3억은 동안제약과의 컨소시엄에 묶일 예정이었다. 나은 1억도 5천은 분당 땅에 들어갈 예정이고 5천 중 1천은 도종민에게 운영비로, 수와 준에게 각 5백씩 계약금을 주고 나니 얼마가 남나?

이번에 또 1천7백이나 나가게 됐다. 위대한 탄생에게도 연주비 조로 각 1백씩 줬으니까.

까딱 잘못하다간 도산하게 생겼다.

등 뒤로 솜털이 돋았지만 그래도 웃으며 미래의 고객들에게 딸랑이를 날렸다.

"말이 나온 김에 꺼내는 얘긴데 선배님들을 위한 곡도 생각하고 있어요. 혹여나 다음 앨범에서 빠지더라도 너무 섭섭해 하지 마세요. 제게 곡을 의뢰하시면 전용 곡으로 안겨 드릴게요. 쌔끈하게 뽑아서."

"그래?"

"그래 주면 정말 좋지. 난 또 용길이 노래만 쓰는 줄 알았지."

다들 좋아하는 가운데 왜 한백이가 주먹을 불끈 쥐는지 모르겠다. 날 보는 눈빛도 어느새 보통을 넘어섰다.

"그나저나 영어 버전은 입에 맞으세요?"

"아니, 말이 나와서 하는 말인데 영어가 더 입에 쫙쫙 붙어. 나만 그런가?"

"아니야. 나도 영어가 더 수월했어. 자연스럽고."

"저도요. 영어로 부르고서야 한글이 오히려 어색한 걸 느꼈어요."

"저도 그래요. 영어가 감정 표현에 훨씬 더 편했어요."

맞아요.

원래 영어 노래였으니까요.

나도 사실대로 말해 줬다.

"페이트 1집은 애초 영어로 쓴 곡이에요. 그러니까 영어가 더 잘 어울리죠."

"아니, 왜?"

"맞아. 너무 훌륭한데 왜 영어로 안……."

"한국에선 영어 음반 낼 수 없잖아요."

"아아~."

"맞다. 그렇구나. 그놈들."

"맞아. 지 마음대로 가위질하고 금지 도장 찍고. 아무리 좋은 곡도 영어로 냈다간 앨범 통째로 금지곡이 될 거야."

"그래서 두 개 버전으로 제작하는 거구나. 이제 완전히 알아들었어."

"정말 언제까지 이런 짓을 계속할는지."

검열에 당한 게 생각난 가수들은 분노 게이지가 올라갔다. 여기 있는 모두가 그랬다.

그만큼 특별한 일이 아니라는 것.

대한민국에서 예술 한다는 사람치고 직접이든 곁에서든 공연 윤리 위원회 심의에 안 당해 본 사람이 없었다.

피 같은 앨범에 생뚱맞은 건전 가요를 집어넣는 것도 그렇고…… 단지 그것만이면 참아볼 만도 하건만 코에 걸면 코걸이고 귀에 걸면 귀걸이식의 심의는 억울함과 분노만 양산했다.

덕분에 녹음실의 사기가 충천했다.

공통의 적을 발견한 가수들은 의기투합했고 나는 그 힘을 담아 곧바로 녹음으로 직행, 10번 트랙까지 일사천리로 마쳤다. 그들의 한 맺힌 목소리를 내 앨범의 자양분으로 녹였고 완성도는 한글 가사보다 족히 3할은 높아졌다.

그때 문득 이런 생각이 들었다.

'굳이 포기할 이유가 있을까?'

I Will Always Love You.

영화 보디가드의 OST.

1974년 돌리 파튼이 먼저 불렀다고 이 곡을 포기해야 옳은가?

아니다.

회귀 전, 엔터물을 준비하며 그런 식으로 포기한 곡만 언뜻 다섯 곡이 넘는다.

그 명곡들을 그냥 놔두는 건 표절의 도(道)에 맞지 않았다.

오히려 나를 기만하는 짓이다.

전과는 달리 한층 더 독해진 나를 위해서라도, 앞으로 살아 갈 많은 날을 위해서도, 이런 식의 나약함은 옳지 않았다.

회귀는 새로운 기회였다.

첫발부터 오류를 남기는 건 바보나 하는 짓이다.

물론 다 가질 수 없다는 것 정도는 안다. 사회적 성공을 원한다면 가정에 소홀할 수밖에 없고 가정의 안온함을 원한다면 사회적 성공은 일찌감치 포기하는 게 좋다.

그렇기에 일관됨이 중요했다.

어차피 내 모든 것이 다 표절일진대.

굳이 구분하는 게 맞는가?

'맞아. 일단 해 보자. 그냥 포기하는 건 좀 아니잖아.'

기운이 올랐다.

녹음을 무사히 마치자마자 곧바로 이학주에게로 갔다.

◇ ◆ ◇

the US Patent Office 우선 심사국.

긴장감이 감도는 가운데 대기석에 앉은 정홍식의 앞으로 중년의 남성과 젊은 여성이 다가왔다.

"그래, 우선 심사를 요청하셨다고요?"

"예."

"요샌 별게 다 우선 심사를 요청하는군."

"예?"

잘못 들었나 싶어 정홍식이 다시 물었다.

"방금 무슨 말씀을 하신 거죠?"

"스칼렛, 무엇에 대한 심사죠?"

대답은 안 하고 옆에 앉은 젊은 여성을 보는 중년 남자였다.

뭐 이따위 사람이 다 있을까.

첫 만남인데도 이름을 밝히지 않고 무례하고 내용도 모른다. 심사 건에 대해 검토조차 하지 않은 모양이다.

그러나 정홍식은 꾹 참았다.

을이었다.

갑과 문제를 만들어 봤자 좋을 게 없었다.

"흐음, 기저귀네. 이거 흔한 거 아닌가? 킴벌리클라크와 P&G가 다 만들고 있잖아."

"아닙니다. 팀장님, 팬티형 형태와 샘 방지 커버, 허리 밴드를 장착한 제품은 어디에도 없습니다."

"그래?"

시큰둥. 본체만체.

아무래도 느낌이 좋지 않아 정홍식은 현재 진행 상황에 대해 미리 말해 줬다.

저 금발 머리 배불뚝이가 이대로 묵살해 버리는 순간 일정에 막대한 차질이 생기기 때문이었다.

"이 건은 일본, 미국, 유럽에 동시 출원이 들어갔습니다. 잘 살펴 주십시오. 일본과 유럽의 진행률도 나쁘지 않습니다."

"오호라, 우리 쪽에만 올린 게 아니다?"

안경을 내리고는 빠꼼이 쳐다본다.

고압적이기까지.

"예."

"참나, 그러면 뭐가 달라지나?"

"예?"

"돈 아깝지 않냐는 거죠. 이깟 기저귀에 우선 심사를 넣다니. 킴벌리클라크와 P&G가 이 사실을 알고 있나요?"

"그게 무슨 말씀……."

참으려 해도 도저히 묵과할 수 없는 언행이라 정홍식이 따지려는데.

옆에 있던 젊은 여성이 남자를 만류했다.

"팀장님, 그런 말씀은 오해의 소지가 큽니다. 그리고 이 건은 제가 보기에도 상당히 큰 건입니다. 향후 기저귀 시장에 상당한 영향력을 행사할지도 모를 만큼요."

"쳇, 기저귀 따위에 무슨 영향력이…… 칭키 놈들이 또 어디에서 베낀 게 분명할 건데. 어이, 스칼렛."

"……예."

"그렇게 자신 있으면 이 건은 자네가 알아서 하게. 대신 나중에 무슨 일이 생기면 다 자네 책임이네."

"예?"

"자신 없나? 방금 기저귀 시장에 큰 영향력이니 뭐니 한 것 같은데. 아닌가?"

비아냥거림에 여성도 어금니가 물렸다.

"알겠습니다. 제 전결로 처리하겠습니다. 팀장님은 모르는 건입니다."

"그래요. 난 분명히 모르는 건이에요. 자, 나는 빠질 테니 알아서들 하시고."

일어나서 가 버리는 남자를 황당하게 쳐다보고 있는데 여성이 자기를 밝혔다.

"저는 스칼렛 캔버라로 잡화 특허 담당관입니다. 일이 이상하게 된 것 같은데 먼저 사과드리겠습니다. 원체 인종차별주의자라."

"아, 네. 캔버라 담당관님. 저희는 특허만 제대로 진행된다면 문제 삼을 생각 없습니다."

"그래도 다시 한 번 죄송하단 말씀 드리겠습니다."

"아닙니다. 사과는 그만하십시오."

"알겠습니다. 그럼 이제 방해자도 사라졌고 제대로 해 볼까요? 조금 더 자세한 설명을 해 주실 수 있을까요?"

스칼렛 캔버라의 요청에 정홍식은 대뜸 아기 인형부터 꺼냈다.

인형을 눕히고 현재 절찬 판매 중인 하기스 기저귀를 꺼내 입혔다. 그리고 문제점을 하나씩 나열했다.

마지막 설명과 함께 팬티형 기저귀를 입혔다.

"보십시오. 정말 간편하지 않습니까?"

"오오, 정말로 그렇군요. 입히고 벗기기만 하면 끝이니."

"팬티형이기 때문에 활동성이 높은 아기에게도 그만입니다. 더구나 에코라인이 샘 방지에 도움을 주기 때문에 옷을 더럽힐 염려도 없고요."

"이거 정말 멋지네요. 안 그래도 우리 언니가 조카 기저귀 새는 것 때문에 고민이 많던데."

"맞습니다. 저도 아이를 둘 키워 봐서 아는데 아이가 걷기 시작하는 순간 옷은 거의 끝이라 봐야죠. 저도 매일 빨래를 하느라 습진이 다 생길 뻔했습니다."

"습진이요? 호호호호, 멋진 아버지시네요. 이름도 크레이들이라. 아주 잘 어울려요. 요람처럼 편안한 생활을 영위케 해 주겠어요. 아! 혹시 이와 관련하여 다른 특허도 내셨습니까? 보통은 연계 특허를 많이 신청하시거든요."

"있습니다. 일반 출원이긴 한데 생리대 특허도 냈습니다. 이 에코라인을 중점적으로요. 상표도 하나 냈거든요."

"아아, 생리대니 제가 볼 수 있겠네요. 둘 다 제가 확인하고 전결로 내겠습니다."

"잘 부탁드립니다."

"아닙니다. 이런 건 빨리 낼수록 사회에 도움이 되는 종류가 아닙니까. 걱정 마시고 돌아가서 결과를 기다려 주십시오. 우선 심사에 든 것만으로 지적 재산권 보호가 되니 더는 걱정하지 않으셔도 됩니다."

"감사합니다."

느낌이 좋았다.

우선 심사국을 나오는 정홍식의 발걸음은 아주 가벼웠고 호텔에 들르자마자 유럽과 일본에 전화하여 진행 상황을 파악했다.

일본도 순조롭고 유럽도 마찬가지였다. 다만 유럽은 꽤 많은 국가가 모인 관계로 시간이 더 걸릴 듯했다.

"너무 재밌어."

좋았다.

너무 좋아 가슴이 터질 것 같았다.

"작품 하나 나오겠어."

꿈꾸던 일이었다.

세계를 쏘다니며 특허 싸움을 하는 건 변리사로서 최고의
영예였으니.

의뢰금이 비록 2천만 원이라고는 하나 기실 출원비와 출장
비를 빼고 나면 사실상 손해나 다름없었다.

그래도 후회는 1도 없었다.

이런 일은 돈이 있다고 할 수 있는 게 아니니까.

"오늘은 맥주라도 한잔 걸칠까?"

막바지였다.

온전히 등록됐다는 통고가 오면 끝.

축하 삼아 딱 두 병만 마시고 들어가 볼까나~.

Chapter 18

Chapter 18

"저 왔어요."

"오오, 잘 왔다. 안 그래도 홍식이 때문에 의논할 게 있었는데."

"예?"

안 그래도 변리사 정홍식 때문에 온 거다.

신문을 치운 이학주가 먼저 이야기를 꺼내자 살짝 불안감
이 올라왔다.

혹시 일이 잘 안 됐나?

"무슨 일 있어요?"

"아니, 진행 상황은 알아야 할 것 아냐. 내가 수시로 체크
중이거든."

"아아, 안 그래도 통화 좀 할까 해서 왔어요. 어디 계신지 아시죠?"

"직접 통화하려고?"

"따로 물어볼 게 있어서요."

"어디 보자~ 지금 시각이 대충 자정쯤 될 텐데. 아직 안 자겠지?"

"일찍 주무시는 분이세요?"

"그럴 리가……."

곧바로 국제전화를 넣는 이학주였다.

정말 수시로 체크하는지 번호 누르는데 주저함이 없었다.

"어, 어, 나야. 이 쉐리가 어디서 헬로우야. 죽을래? 시끄럽고. 대운이가 할 얘기가 있단다. 바꿔 줄게."

넘겨주는 대로 받아 인사부터 했다.

"아저씨, 저예요."

[여어, 오랜만이다. 웬일이냐. 이 시간에.]

"겸사겸사죠. 일이 어떻게 되는지 안부도 묻고 목소리도 듣고요."

[일이야 걱정 마라. 미국에 우선 심사 대상으로 넣었고 동시에 일본이랑도 같이 했다. 유럽 쪽은 순차적으로 가야 해서 시간이 좀 더 걸린다.]

"유럽은 무슨 문제가 있나요?"

[아니, 관세 동맹이 체결되고 유럽 공동체로 발전하는 바

람에 일이 훨씬 편해지긴 했는데. 아직 벨기에, 룩셈부르크, 프랑스, 서독, 이탈리아, 네덜란드, 덴마크, 아일랜드, 그리스 밖에 가입이 안 된 상태라 나머지 국가는 다 찾아가야 해서.]

"아~."

국경을 철폐하는 셍겐 조약도 발의되지 않은 때였다. 스페인, 포르투갈을 위시한 동구권과 북구권까지 다 특허로 묶는다는 건 꽤 지난한 일이었다.

우리가 아는 EU. 즉 유럽연합은 1993년에 출범하고 유로화는 1995년 확정된다. 1999년에야 처음으로 지폐가 나온다.

유럽은 아직 갈 길이 멀었다.

그만큼 기저귀 특허가 갈 길도 멀었다.

'아아~ 내가 과한 걸 요구했구나.'

아무리 봐도 돈 2천만 원에 이 많은 걸 하는 건 무리였다. 인건비만 벌써 세 명. 오히려 손해일 것 같은 강력한 예감이 왔다.

"아저씨, 지금 무리하고 계시죠?"

[으응? 아니야. 재밌어. 진짜 좋아.]

무리하는 거 아니냐는데 재밌다고 한다.

손해가 있긴 한 모양.

다시 생각해 보니 굳이 다 낼 필요 있나 싶었다. EU가 출범하는 순간 특허도 자동으로 퍼지는 게 아닌가?

"아저씨."

[으응?]

"특허는 미국, 일본, 유럽 공동체에만 진행하세요. 더는 쫓아다닐 필요 없어요."

[엉? 아니야. 다 해낼 수 있어. 걱정하지 말고 넌 기다리기만 해.]

"아니에요. 대신 다른 걸 좀 해 주세요."

[……또 뭔데?]

"곡을 좀 사고 싶어서요."

[곡을 사고 싶다고?]

"예, 일단 몇 곡 추려 봤는데 해 주실 수 있으세요?"

[그야…… 급한 건 다 처리하긴 했는데 정말 특허는 더 진행시키지 않아도 돼?]

"그럼요. 대신 이번에 공부한 루트는 확실히 꿰고 있어야 해요. 앞으로 몇 번 더 가실 일이 생길 테니까요."

[특허가 또 있어?]

"당연히 있죠."

[오호호호호, 알았어. 그럼 일단 중지시키고 돌아오라고 할게.]

"뭘요. 간 김에 관광이나 좀 다니시라고 해요. 아! 거기 미국, 일본, 오스트리아 씨티은행에 제 계좌 하나 뚫어 주세요. 오스트리아에 없으면 서독도 괜찮고요."

[미국, 일본, 오스트리아? 뭐 계좌 뚫는 거야. 간단하지. 그래서 내가 어떤 곡을 사야 해?]

"불러 드릴게요. 우선 다섯 곡이에요."

1빠는 라밤바였다.

우선 라밤바하면 1987년에 개봉하고 루 다이아몬드 필립스가 주연으로 나온 영화 라밤바를 떠올릴 것이다.

비슷했다.

영화 라밤바는 열일곱 살에 요절한 리치 밸런스의 일대기를 그린 영화인데 '라밤바'라는 곡 자체는 사실 특별할 게 없었다. 멕시코 베라크루스 지방의 민속 음악이니까.

1956년 해리 벨라폰티가 이미 히트시켰고 치카노의 싱어인 트리니 로페즈와 킹스턴 트리오 버전도 있을 만큼 이미 유명한 곡이었고 수많은 뮤지션들이 자기만의 독특한 해석으로 도전한 곡이었다.

다만 로큰롤 버전은 리치 밸런스가 최초.

내 기억에 캘리포니아 소재 Del-fi 레코드사가 리치 밸런스 버전을 제작한 거로 알고 있는데 1960년에 히트한 곡이고 가수가 유명을 달리해 곡 소유주가 누군지 불분명했다.

가져올 수만 있다면 조용길에게 줄 생각이라.

영화 라밤바에 로브 로브스 버전이 아닌 조용길 버전이 실린다면 어떤 기분이 들까?

쿠쿠쿡.

2빠는 람바다였다.

전주만 나와도 남미와 라틴계의 정열이 물씬 풍기는 곡.

1990년에 개봉한 영화 람바다의 OST로 공전의 히트를 치며 세계적으로 람바다 열풍을 일으킨 곡이었다.

유명한 곡답게 이 곡도 가계도가 좀 복잡했다.

본래 남미 볼리비아의 민속 음악 밴드인 로스 키하르카스 Los Kjarkas가 1981년에 발표한 앨범 Canto a la mujer de mi pueblo(우리 마을 여인을 위한 노래)에 수록된 발라드풍의 곡이 시작이었다.

제목이 'Llorando se fue(울면서 떠난 그대)'였나?

이걸 브라질 싱어송라이터인 마샤 페레이라가 1986년 포르투갈어로 번안 'Chorando se foi(울면서 떠났네)'로 발표하여 히트시켰고 이걸 또 1989년 프랑스 파리에서 결성된 혼성 7인조 팝그룹 Kaoma가 리메이크하여 영화 람바다에 실렸다.

우리가 아는 람바다는 카오마의 로아우아 브라스 버전이었다.

그러니까 가져올 수만 있다면 대박인데.

이걸 대체 누구에게 줘야 옳을까.

'보고 싶은 얼굴'을 부른 민애경의 짱짱한 목소리가 좋을까. 아님, '환희'를 부른 정소라의 단단한 음색에 실으면 좋을까. 그냥 쌩 무명한테 줄까?

행복한 고민이었다.

3빠는 당연히 I Will Always Love You였다.

돌리 파튼이 작곡, 1974년에 직접 불렀는데 작년 1982년에 또 불러 빌보드에서 53위, 컨트리 차트에서 2번이나 1위를 하며 성과를 낸 곡이었다.

70년대 최강인 엘비스 프레슬리도 이 곡을 탐냈다고 했는데 그의 손도 거절할 만큼 돌리 파튼은 자기 곡에 애정이 많은 관계로 정홍식에게 요청은 했다지만 가져오기 난해할 걸 알았다.

리메이크 판권이라도 따온다면 인순희가 가장 적합하지 않을까?

4빠는 사랑과 영혼 OST였다. Unchained Melody.

이 곡은 원래 1955년에 개봉한 감옥물 영화 'Unchained'의 OST로 밀리언 셀러 대히트를 기록한 바 있었다.

이걸 1965년 라이처스 브라더스가 리메이크하여 재히트했고 이후 700여 명에 가까운 뮤지션들이 다언어로 1500회 이상 녹음하였다고 한다.

한국에서는 인순희와 같은 혼혈 가수인 박인준이 1977년 '오 진아'로 번안해 불렀다.

1990년 패트릭 스웨이지와 데미 무어가 출연한 영화 'Ghost'에 삽입되며 공전의 히트를 기록했는데 여기에서 잠깐 영화 뒷얘기를 하자면,

당시 음악 감독 모리스 자르가 영화 제목이 'Ghost'라고 온통 음울한 OST만 밀어 넣었는데 불만이 있어도 워낙 거장이라 말도 못하고 전전긍긍할 때 그럭저럭 배우로서 입지를 다져가던 데미 무어의 추천으로 Unchained Melody를 감독이 알게 됐고 강력한 푸쉬로 겨우 삽입하게 됐다고.

이 곡도 일단 입 밖으로 꺼내긴 했는데 아무래도 팔지 않을 것 같은 느낌이 강했다.

리메이크 판권이나 가져온다면 좋겠고⋯⋯ 가수는 다시 박인준을 써야 하나?

5빠는 Oh, Pretty Woman이었다.

미사여구가 필요 없는 곡.

로큰롤 1세대 거장인 로이 오비슨이 작곡, 1964년에 발표한 곡으로 나오자마자 미국와 영국을 휩쓸었다. 1990년 개봉한 영화 프리티 우먼에 삽입되며 또 한 번의 히트를 치게 된다.

대단한 영광에 비해 로이 오비슨의 일생은 그리 순탄하지 않는데 아내의 외도와 재결합, 결합 2개월 만에 아내를 교통사고로 잃고 두 아들마저 화재로 하늘로 보낸다.

본인도 1988년 심장마비로 사망.

이후 ARM사가 그의 저작권을 관리하게 된다.

지금은 한창 우울할 때라 푸쉬가 되는지 모르겠다.

여담이라면 영화 프리티 우먼의 원제목은 '3000'이었다고 한다. 부호인 리처드 기어가 거리의 여자인 줄리아 로버츠를 산 금액이 3000달러라서 그리 지어졌다는데 이것만 봐도 흥행과 폭망은 한 끗 차이였다.

그나저나 배역을 거절한 맥 라이언은 땅을 쳤을까?

'가져올 수 있으려나? 가져온다면 노래는 누굴 시키고? 그때쯤이면 용길이 아저씨가 가능하지 않을까? 그래도 같은 밴드인데.'

◇ ◆ ◇

- 미리 말씀드리지만 제 경쟁 상대는 주변에 널린 피로회복제 따위가 아닙니다. 코카콜라입니다. 전 이 바쿠스로 20년 안에 코카콜라를 밟을 생각이고요. 남자라면 이 정도는 목표로 잡아야 하지 않겠습니까? 참고로 최선이란 바로 이런 걸 말하는 겁니다.

그날 이후 자꾸만 아른거리는 목소리였다.

어쩌면 한낱 해프닝으로 치부해도 될 일이기도 한데.

지금까지도 곱씹는 이유가 또 자꾸 아른거리는 이유를 말해 주고 있었다.

매료됐다고.

이상한 녀석이었다. 그런 녀석을 일곱 살짜리라고 말할 수 있을까.

그 박력, 그 확신을 대체 어떻게 표현할 수 있을까.

솔직히 말해 압도당했다.

"……내가 귀신에 홀렸나."

리와인드할수록 궁금증만 커졌다.

몰래 조사한 내역도 틀린 바가 하나도 없었다.

상대는 창립한 지 겨우 열흘 남짓한 딴따라 회사.

유명 가수 조용길이 속해 있다지만 실적도 하나 없고 게다
가 주축이 일곱 살짜리라니.

뭐 이런 괴상한 회사가 있을까?

하지만 전부 다 이상한 건 아니었다.

아이의 내력이 심상치 않았다. IQ 190의 천재.

일전에 대한민국을 떠들썩하게 한 천재가 바로 그 아이였다.

"말도 안 되는 일이긴 한데…… 정말 코카콜라를 잡을 수
있을까?"

음료업계 확고부동한 1위.

브랜드 가치만 웬만한 작은 나라쯤은 살 수 있다던 그 위대
한 아성을 정말 우리 바쿠스가 따라잡을 수 있을까?

"나는 대체 그 아이는 어느 부분에서 가능성을 본 걸까?"

이 바쿠스에 창조주조차 모르는 잠재력이 있었던가?

또 이런 얘기도 했다.

"마케팅 문제라고?"

우리 마케팅이 도대체 어디가 어때서?

제대로 된 상품을 만들고 그걸 영업하는 게 마케팅이 아닌가?

물건 딱 내놓고.

몸에 좋다. 피로회복에 탁월하다. 맛도 좋다. 일단 마셔봐라. 마셔 보니 끝내주지 않냐?

이거면 되지 않나?

"……."

이 이상 뭘 더 하란 건지.

자존심이 상해서 먼저 움직이지 않으려 했는데 도저히 못 참겠다.

찾아오지도 전화도 안 하고.

옆구리 잔뜩 쑤셔 놓고 나 몰라라 하는 나쁜 놈이라니.

강신오는 벌떡 일어났다.

"오 비서."

"네, 사장님."

"오필승 엔터테인먼트로 갑시다."

"알겠습니다. 차량 준비하겠습니다."

◇ ◆ ◇

성공 수당은 곡당 2백씩이다.

완전히 살 수 있으면 최고, 부를 가수가 있다면 공연권과 방송권은 인정해 주고 다 싫다면 리메이크 판권이라도 사 오라고.

오케이한 정홍식은 전화를 끊었고 이학주와 만난 김에 점심이라도 먹으려 나가려다 혹시나 회사에 전화를 걸어 봤다. 별일 없는지.

당연히 별일 없을 테지만.

왠지 걸어 보고 싶을 때가 있지 않나?

살림을 맡겨 놓고 녹음 때문에 한 번도 출근 안 한 터라 목소리 듣고 싶기도 하고.

"예, 도 실장님. 저예요. 네네, 어떻게 지낼만…… 예? 손님이 왔다고요? 동안제약이요? 웬일이래. 아! 방금 오셨어요? 알겠어요. 가는데 10분도 안 걸려요."

의외였다.

적어도 약속은 잡고 올 줄 알았는데.

그나저나 왜 쳐들어온 걸까.

미끼를 문 건가?

"뭐야? 동안제약은 왜?"

"회사에 왔다네요. 약속도 없이."

"그래? 그럼 그 일 때문인가? 빨리 가 보자."

"알았어요. 혹시 모르니 저번에 만든 계약서도 챙겨 주세요."

"당연하지."

이학주와 나선 지 10분도 안 돼 회사에 도착했다.

강신오가 와 있었다. 다 헤진 소파에서 내준 율무차를 홀
짝이다 내가 들어가니 찻잔을 내려놓고 일어났다.

나도 반갑게 맞이했다.

"조금 늦으셨네요. 바로 오실 줄 알았는데. 아, 이분은 우
리 오필승 엔터테인먼트 고문 변호사이신 이학주 변호사님
입니다."

"고문 변호사……요?"

"이학주입니다. 오필승 엔터테인먼트의 법리검토와 계약
진행을 맡고 있습니다."

"아예, 강신오입니다. 동안제약을 운영하고 있습니다……."

명함을 주고받고.

"만나서 반갑습니다."

"아, 네."

"앉으십시오. 미스 정, 여기 손님들 차 좀 내주세요."

이학주는 익숙하게 강신오를 안내했다.

마주 앉았고 경리인 정은희가 차를 내올 때까지 서로 말없
이 얼굴만 쳐다보았지만 나름대로 나쁘지 않은 시작이라 볼
수 있었다.

눈치가 그랬다.

강신오로선 별것도 없는 딴따라 회사에 고문 변호사까지
있다는 게 의외였을 테고 우리는 또 강신오가 용건을 꺼낼 때
까지 기다릴 수밖에 없는 처지였다. 방정맞게 먼저 나서는 순

간 협상의 우위가 저쪽으로 넘어가니까.

침묵된 가운데 시간이 조금씩 흘러갔다.

본의 아니게 대치 상태가 됐고 또 그렇다고 강신오가 거드름을 피우거나 깔보는 자세도 아니라 문제 삼지도 못했다.

시종일관 바른 자세로 고민하는 기색이 역력.

호기심에 오긴 했는데 어떻게 풀어야 할지 모르겠다는 게 정답일 것이다.

그때 전화기가 울렸고 전화를 받은 정은희가 손을 들었다.

"저…… 총괄님."

"예?"

"말씀 중에 죄송한데 이 건의 처리는 어떻게 해야 하나요? 제가 아직 일이 서툴러서 죄송합니다."

"괜찮아요. 뭔가요?"

"지군레코드에서 선주문 건으로 2억을 보냈다고 연락 왔습니다."

2억?

웬 2억?

아!

"그거 조용길 5집 선주문 건인데 10만 장에 대한 값을 미리 치르는 거예요. 본래 3억이 들어왔어야 하는데 여의도 부지 상계 문제로 1억을 제한 거고요."

"아, 알겠습니다."

대답하는 정은희를 보며 나도 바로 계산에 들어갔다.

간당간당한 회사 자금 사정에 단비가 내린 것이……!

'아니잖아.'

2억이 그냥 2억이 아니었다.

본래 3억부터 계산해야 했고 창작자 로열티 6천과 상계된 여의도 땅 1억 제하면 1억4천이 영업 이익이다.

여기에서 또 조용길 5집 활동비에 인건비, 기타 고정비가 대충 4천이라고 치면 회사 순이익은 겨우 1억이었다.

이걸 또 조용길과 8:2로 나누면 8천이 남고.

3억이 들어왔는데 8천이 남는 것.

여전히 아슬아슬했다.

물론 이 계산은 10만 장만 나갔을 때의 기준이긴 한데.

'이거 보통이 아니네.'

여의도 부지는 일단 계약금으로 준 1억과 이번 1억으로 2억을 갚았다.

현황에서야 그리 나아진 점은 없지만.

만일 조용길 5집이 10만 장만 나갈 게 아니라면?

'음반 회사가 이 정도 케파였나?'

지군레코드 사장이 조용길을 잡자고 20억을 내지른 이유가 체감됐다. 내가 이 시장을 그동안 너무 띄엄띄엄 보고 있었던 것도.

"가만, 그럼 2백만 장 넘게 나갔다던 '잘못된 만남'은 어떻게 되는 거야?"

속사정은 모르겠지만, 우리 식으로 따지자면 앨범 매출만 60억은 먹고 시작하는 꼴이 아닌가.

90년대 가요계를 휩쓴 DJ 출신 제작자들이 우후죽순 '약진 앞으로!' 외친 이유가 여기에 있었다.

"드디어 5집이 나오는 건가요?"

돈이 오간 열기 때문인지 잠시 잊고 있던 강신오가 공손히 말을 걸어왔다.

"아, 네. 꽤 다사다난했는데 무사히 나오게 됐습니다."

"꼭 사야겠네요. 제가 이래 봬도 조용길 씨 팬입니다."

"그러세요? 그럼 선물해 드려야겠네요. 이번 음반도 좋은 곡들로만 들어가 있으니 만족스러우실 겁니다."

"아닙니다. 사야죠. 나중에 만나면 사인이라도……."

"물론이죠. 저희 고객이신데요."

"하하하하, 무척 기대됩니다."

화기애애.

이제 본론에 들어갈 때였다.

"그럼 용무를 시작해 볼까요?"

"아, 예. 오늘 온 목적은……."

차로 입맛을 다신 강신오는 천천히 자기 얘기를 풀었다.

"저번에 해 주신 말씀을 듣고 사실 참 고민을 많이 했습니다. 잘 지내고 있는데 왠지 모르게 누가 벌집을 쑤셔 놓은 느낌이랄까요?"

"아, 그러셨군요. 죄송합니다. 고의였습니다."

"고의요? 하하하하, 역시…… 그렇군요. 그래서 그런지 참 아팠습니다. 결국 이 자리에까지 오게 됐고요. 뭐 길게 끌지 않겠습니다. 단도직입적으로 묻겠습니다. 우리 동안제약이 뭘 해야 하는 건가요?"

"그렇게 여쭈시니 저도 단도직입적으로 말씀드리겠습니다. 저희가 동안제약에 필요한 건 약간의 자본과 생산 노하우입니다. 핵심직원을 파견하셔서 제조할 수 있게만 해 주시면 됩니다."

"그 말씀은 역시 다른 곳에서 생산하겠다는 것 같은데요. 유럽인가요?"

"예, 한국에서 생산할 계획은 없습니다."

"조금 더 구체적으로 말씀해 주세요."

"약간의 자본이란 지분 참여를 하셔야 할 테니 필요한 부분이고요. 생산 노하우의 전수는 시행착오를 줄이려는 방편이죠. 현재로선 동안제약이 도와주실 부분은 이것뿐입니다. 나머진 다른 영역이니까요."

하드웨어였다.

동안제약의 역할은.

"그럼 마케팅은요?"

"이번 컨소시엄의 핵심입니다. 아직 발설할 단계가 아니라서 죄송합니다. 아! 물론 시행된 후엔 동안제약에서 마음대로 사용하셔도 될 겁니다."

"정말 그거면 됩니까? 그거면 진짜로 코카콜라를 이길 수 있나요?"

"이미 드린 말씀으로 길게 끌진 않겠습니다. 지금은 인내할 단계니까요. 고문님. 그것 좀 내주세요."

"아, 네."

이학주가 눈치도 좋게 계약안을 앞에 내놨다.

강신호가 스윽 눈길로 훑는다.

"미리 생각해 둔 내용을 옮겨 적어 봤습니다. 읽어 보시고 요청사항이 있다면 말씀해 주십시오."

"전 아직…… 하겠다는 말씀을 드린 적 없습니다."

반항이다. 귀엽게.

그러나 나는 어르고 달래며 일하는 사람이 아니었다.

"어렵게 가시겠다면 저도 달리 드릴 말씀이 없네요. 저와 만나는 모든 사람에게 말하듯 전 기회를 드리는 것뿐입니다."

"이게 기회라고요?"

"이미 알고 계시지 않습니까? 여기까지 오신 이유일 테고요."

"……."

확실히 재미없고 피곤하고 지루한 시간이었다.

음반 작업과는 너무도 다른 계산법과 대화법.

나도 원래 이 일이 따지는 것도 많고 움직이는 데도 제약이 많은 건 알았지만 절대 권력을 휘두르다 보니 어느새 기다리는 걸 잘 못 하겠다.

곡만 딱 듣고 오케이 하는 것에 너무 익숙해진 모양이다.

어쩔 수 없는 부분이기도 했다.

나는 강신오에게 뭔가 보여 준 적이 없고 상대는 국내 제약 회사 1위였다. 같이 대화하고 있는 것 자체가 큰 이벤트가 아니겠나.

'이학주를 데려온 건 신의 한 수였네.'

덕분에 나이로 내리누른다든가 괜한 공갈 같은 건 나오지 않았다.

고문 변호사란 존재가 이랬다.

돈은 좀 들지만.

사회적 위치를 격상시키는 데는 이만한 패가 없었다. 더구나 얼핏 언급한 오필승 엔터테인먼트의 매출 규모만 해도 동네 전빵과는 차원이 달랐으니.

그런 측면 때문에 또 재미있어지긴 했는데.

강신오는 일어나기 전, 나에게 이런 질문을 던졌다.

"음반 제작도 보통 일이 아닌 것 같은데 어째서 이런 일까지 쳐다보는 겁니까?"

나는 대답 대신 한쪽 서랍에 넣어 놨던 특허 샘플용으로 만든 기저귀를 보여 줬다.

아니, 그 앞에서 입어 보였다.

"어때요? 잘 팔릴 것 같나요?"

"이건…… 기저귀가 아닌가요?"

"이 제품으로 한국은 물론 북미, 일본, 유럽에 동시 특허가 들어갔어요. 앞으로 이런 형태의 기저귀를 사용하려면 무조건 제 허락을 받아야 하죠. 어떻게 질문에 대답이 되었나요?"

"……"

"모르시겠다면 가지고 가서서 사모님께 여쭤 보세요. 본인이라면 이걸 사겠는지 말이죠. 전 말이에요. 이런 사람이에요. 미리 보고 달리는 사람. 제 곁에 있는 분들은 이런 저를 제일 먼저 알아본 분들이고요. 이 자리도 마찬가지예요. 사장님이 면접 보시는 게 아니라 제가 사장님께 묻는 겁니다. 합석하실래요? 따로 가실래요? 라고요."

"……"

"물론 사업에 의심은 아주 좋은 덕목이긴 하죠. 제대로 계약해도 문제가 터지려면 언제든 터지니까요. 그러나 의심만해서는 아무런 결과를 얻을 수 없겠죠. 알약으로 시작한 바쿠스의 성공은 결국 사장님의 뚝심과 꾸준한 신뢰가 아니었나요? 해낼 수 있다! 이렇게 믿지 못한다면 코카콜라는 너무 얼토당토않은 목표겠죠. 안 그런가요?"

첫 만남에서 내가 말없이 돌아갔듯 강신오도 내 질문에 답을 하지 않고 돌아갔다.

하지만 나는 알았다. 그의 가슴에 박아 둔 씨앗이 점점 발아하고 있음을.

나도 뭐 한두 번의 만남으로 일이 성사되리라곤 기대하지 않았으니 별로 아쉽지 않았다. 원래 친해지려면 자주 만나는 게 최고 아닌가.

"자, 이제 큰일은 다 끝난 것 같고. 점심이나 먹으러 가죠. 어디 중국집에나 갈까요?"

"오오, 중국집 좋습니다. 난 짬뽕."

"난 요새 볶음밥이 자꾸 땡기더라고요."

"장 총괄. 혹시 탕수육도 시켜 주나?"

"참고로 전 짜장면이에요."

"……."

"……."

"……."

◇ ◆ ◇

이 정도면 순탄하다고 봐야 했다.

말도 많고 탈도 많았던 조용길 5집은 선주문 10만 장이 생산에 들어갔고 페이트 1집은 완벽 녹음에 샘플도 나와 발매 초읽기, 영어 버전도 원하는 디자인으로 잘 나왔다. 당장 못 가져가는 명곡들도 정홍식에게 맡겨 놨으니 가타부타 결론이 날 테고 남은 건 일일학습 컨설팅 정도이었다.

동안제약 건이야…… 그것도 뭐 한두 달 안에 결론 날 것이다. 분당의 땅 사재기도 그때쯤이면 끝날 테고 그 후엔 여러 사람과 교류하며 이 업계에 자리 잡으면 될 것 같았다.

"꽤 바빴어."

대구 칠성동 쪽방에서 살던 꼬마 놈이 서울로 올라와 아둥바둥 용케 기반을 잡았다.

안 될 게 없겠다는 자신감도 붙었다. 일곱 살이란 나이가 아니라면 말이다.

"역시 제일 거슬리는 건 처음 만나는 사람들이겠지."

날 모르는 사람들.

내 외모만 보는 사람들.

회귀가 좋긴 한데 너무 어린 나이는 오히려 페널티였다. 금수저면 이보단 조금 나으려나?

더 큰 명성을 얻기 전까진 어쩔 수 없이 달고 갈 운명이었다.

사실 거의 포기한 상태였다. 인력으로는 안 될 일이고 설사 20년이 더 지난다 한들 난 겨우 스물일곱.

여전히 무시하는 사람들이 부지기수일 것이다.

보일 때마다 다 죽일 수도 없는 노릇이고.

일일이 다 설득하는 것도 귀찮았다.

하지만 이런 분석력에도 간과한 게 하나 있었다.

평온함은 잠시일 뿐.

인생이란 고얀 녀석이 늘 그렇듯 문제는 전혀 예상치 못한 곳에서 터져 나왔다.

"대운아, 이거 어떻게 하냐. 검열에 걸렸다. 아씨, 이번 따라 이상하게도 돈도 안 처받아. 꿈쩍을 안 해."

강희철도 마침 일이 있어 하루 휴가를 냈고 모처럼 가벼운 차림으로 이학주 흉내 내듯 한가로이 신문이나 보고 있는데.

회사로 들이닥친 지군레코드 사장이 던진 말이다.

"그게 무슨 말씀이세요?"

"이 개쉐리들이 네 앨범에 판매 금지 처분을 내렸어. 페이트 1집을 통째로!"

"예?!"

이 무슨 날벼락 같은 소리인지.

"반공에만 안 걸리면 보통은 한두 곡 금지하고 앨범 자체는 내버려 두는데 이번에 위원장이 바뀌어서 그런가? 감사가 있다는 얘기도 있고 하여튼 오지게 걸렸다."

"……."

벙찐 관계로 아무 생각도 나지 않았다.

내 앨범이 어디가 어때서?

세계적 사랑을 받는 곡으로 추슬러 만든 건데.

도대체 무엇 때문에 판매 금지 처분을 내린 거지?

"웃긴 건 그래 놓고는 영어 버전은 또 승인이 났어. 해외에만 판매할 거니까. 하여튼 희한한 새끼들이야."

"영어 버전은 승인됐다고요? 이게 어떻게 된 거지? 근데 이

거 어제 녹음 끝난 거 아니에요? 언제 심사에 넣었어요?"

"직행버스 태웠지. 내가 이 바닥에서 구른 게 몇 년인데 순서를 기다려."

당연하다는 듯 아무렇지도 않게 말하는 지군레코드 사장을 보는데 정신이 번쩍 들었다.

지금 중요한 건 그게 아니었다.

"……그래서 이유는요? 뭣 때문에 금지 때렸는데요?"

"응?"

"금지 때렸다면서요. 어째서 금지 처분 내린 거냐고요?"

"아아, 그거 영어를 써서란다. Don't Worry Be Happy. 페이트란 앨범 이름도 그렇고 건전 가요도 없다고 또 완전히 새로운 세상(A Whole New World)은 우리 사회가 어떠냐며. 사회 불안을 조장하는 게 아니냐고 떠들더니 금지 때렸어. 빨간 도장 콱."

"……."

기가 막혔다.

비상의 때만 바라보고 있었는데.

태클이라니.

검열이란 사전 심의 제도를 말했다.

공연 윤리 위원회란 단체가 1996년까지 예술 전반과 관련하여 국가에 그 의무를 이임받은 제도로서 사회 공익에 어긋

나는 무분별한 창작물을 차단하는 필터역할을 수행하는 것에 그 존재 의의를 두고 있었다. 시초는 1909년 일제강점기때 시행한 '출판법'이었고 이후 80년 넘게 이 나라의 예술인을 억압하는 도구로 활용되고 있는 제도.

이 중에서도 내 멱살을 잡은 건 가요·음반 심의 위원들이었다.

국내에서 상업적으로 발매되는 가요·팝·클래식 등 모든 음반의 심사 내지 발매 적격 여부를 결정하는 놈들.

"가죠."

"어딜?"

"가서 만나야죠."

"하아……."

이 말 할 줄 알았다는 표정이었다.

"왜요?"

"가도 소용없어. 거긴 한 번 찍히면 끝이야."

"그래도 가 봐요. 이대로 끝낼 수는 없잖아요."

"……."

"사장님."

"……좋아. 가 줄게. 같이 가 주겠는데 잘못하다간 영어 버전도 승인 취소될지 몰라. 걔들은 이 바닥에선 거의 신이라고. 아무도 못 건드려. 무슨 말인지 알아?"

경고였다.

"……알았어요. 일단 가서 만나보는 건 괜찮잖아요. 너무 답답해서 그래요."

"알았다. 내 이름 팔면 한 번은 더 만나 주겠지. 근데 나도 타격이 있다."

무소불위란 이런 점에서 아주 무서웠다.

저 지군레코드 사장마저 조심스러웠으니까.

혹여나 나로 인해 미운털이 박히면 그도 사업에 막대한 차질을 빚게 될 것이다.

"그냥 물어만 볼게요. 정확한 이유가 무엇인지."

"확실하냐?"

"그래야 다음에 이런 실수 안 하죠. 또 걸리면 얼마나 피곤하겠어요."

"……알았다. 한번 가 보자. 그래도 이거 하나는 명심해야 해."

"뭔데요?"

"이미 승인이 났어도 판매 중인데도 수틀리면 금지곡 처분을 내리는 놈들이야. 음반 전량 회수 조치가 내려질 수도 있어. 그때부턴 이 바닥에서 못 버티는 거야. 무슨 말인지 알지?"

"……."

진짜 어지간한 놈들인 모양이다.

나름대로 순기능은 있을 테지만 내가 당하고 나니 가히 기분이 좋지 않았다.

금지사유도 코에 걸면 코걸이 귀에 걸면 귀걸이라.

이민자의 '동백 아가씨', '섬마을 선생님'이 외설이라 금지 당한 적 있었고 패틴 김의 '사랑하는 마리아', 김수이의 '정거 장', 양희운의 '아침이슬', 양병진의 '소낙비', 한태수의 '행복의 나라', 송창신의 '고래사냥', 이장이의 '그건 너', 김춘자의 '거 짓말이야', 신중헌의 '미인' 등등이 퇴폐, 왜색, 창법 미숙, 월 북, 불신허무감 조장…… 갖가지 이유로 금지당했다.

일정한 기준도 없고 거의 다 자의적인 판단에 불과했다.

이뿐인가. 2016년 노벨 문학상을 받은 밥 딜런의 곡 중 'Blowing In The Wind'도 금지곡이고 퀸의 'Bohemian Rhapsody'도 금지곡이고 비틀즈의 'A Day in The Life'도 금 지곡이었다.

죄다 금지곡.

이럴 거면 동요나 부르게 하지 짜증나게.

"도착했다. 다시 말하지만 정말 조심해야 해."

"네."

자동차는 금방 목적지에 도착했다.

확실히 지군레코드 사장이라는 이름값은 콧대 높은 담당 자도 다시 불러올 만큼 파워가 강했다.

물론 그것이 호의란 뜻과 상통하지는 않았다.

"뭐야? 김 사장, 지금 장난해? 내가 오늘 심의해야 할 앨범 이 몇 개인 줄 알아? 이런 애새끼까지 데리고 지금 뭐 하자는 거야?!"

"아이고, 제가 미쳤다고 바쁘신 우리 위원님께 공갈이나 치러 여기 왔겠습니까. 작곡가 맞다고요. 작사도 다 했고요."

"자꾸 이러면 재미없어. 안 그래도 요전에 물의를 일으켰잖아. 김 사장 얼굴 봐서 조용길이 5집도 빨리 통과시켜 줬는데 나 지금 점점 실망하려고 해."

"아이고, 오늘따라 왜 이러실까. 여기여기 이것 좀 받으시고 진정하세요. 제가 우리 위원님과 몇 년인데 우리끼리 이럽니까."

"어허이, 이 사람이 날 뭐로 보고. 이거 안 치워."

한쪽은 두툼하게 살찐 흰 봉투를 주머니에 쑤셔 넣으려 하고 한쪽은 그걸 막고 옥신각신 실랑이도 이렇게 웃긴 실랑이가 없었다.

이럴 것 정도는 예상했으나.

실제로 보니 더 어이가 없었다.

더 놔뒀다간 한마디도 못 하고 쫓겨날 것 같아 끼어들었다.

"제 앨범이 금지된 이유를 명확히 듣고 싶습니다."

꼬마 놈의 목소리 따윈 들리지도 않는지 눈길도 안 줬다.

더 크게 말했다. 회의실이 쩌렁쩌렁 울리게.

"제 앨범이 금지된 이유를 명확히 듣고 싶습니다!!!"

"아이고, 깜짝이야. 이게 어디 어른들이 말씀하시는데 끼어들어. 너 자꾸 까불면 이놈!한다. 집에서 동요나 부르고 있을 놈이 어딜 작곡이라고?! 참나, 차라리 침팬지가 야구 한다고 하시죠."

지군 레코드 사장을 슬쩍 본다.

"이놈을 하시든 저놈을 하시든 이유를 말씀해 주세요. 도
대체 앨범의 무엇이 문제란 겁니까?"

"허어…… 요 쪼그만 놈이 그래도 까불어. 너 자꾸 그러다
혼난다. 앙?!"

꿀밤이라도 때리려는지 성큼 다가왔다.

나도 경고해 줬다.

"나 건들면 아저씨 인생도 재미없어질 거예요."

"뭐?!"

"재미없어질……."

딱

쳐다보고 있음에도 기어코 내 머리를 쥐어박는 놈이었다.

"그래, 건들었다 어쩔래?! 쪼그만 게 아주 되바라졌어. 너
여기가 어딘 줄 알고 까불어?! 너희 부모님 어디 있어? 이것
들이 애를 대체 어디에다 내둘리는 거야!"

삼십 대 중반쯤 되었나?

딱 봐도 나보다 어린것에게 꿀밤을 맞고 나니 눈에 불똥이
튀었다. 아까부터 연배도 훨씬 높은 지군레코드 사장한테 반
말이나 찍찍이고.

그런데 이 나이에 심의 위원이 가당키나 한 건가? 낙하산?

그래도 어쨌든 무조건 참았어야 했는데.

이유나 제대로 묻고 다음에 하지 않겠다는 약속 정도로 앨

범 전체의 금지는 막았어야 했는데.

너무 같잖은 놈이 너무 엿같이 설치니 잠시 이성을 잃었다.

정신 차렸을 땐 날아간 앞차기가 놈의 아랫도리를 짓뭉개고 있었다.

"끄헉."

답답한 신음성과 함께 버티지 못한 허리가 구부러졌고 본의 아니게 놈의 얼굴과 지척으로 가까워졌다.

일은 벌어졌다.

이제 와 사과한들 절대 들을 리 없었고 있던 것마저 빼앗으려 들 것이다.

되돌리기엔.

한참 넘어간 것이다.

그렇다면……

퍽

놈의 코에 박치기를 먹였다. 다른 곳은 몰라도 코뼈보다는 내 머리뼈가 더 단단하겠지.

"아이쿠."

"대운아!"

지군레코드 사장이 기겁해 소리쳤으나 다시 말하지만 일은 이미 벌어졌다. 여기에서 멈추는 건 아니 시작하니만 못한 것이다.

엎어져서 '나 죽는다'고 소리치는 놈 위로 올라탔다.

"어린놈의 새끼가 어딜 어른한테 반말 찍찍이야. 죽고 싶어!"

부지불식간이지만 힘으로는 애가 어른을 어떻게 당할까.

놈이 회복하는 순간 나는 뭉개질 것을 충분히 인지하는 중이다.

눈을 콕 찔러 줬다.

"크악."

다시 내려가 아랫도리를 지그시 밟았다.

"아악."

손으로 막으면 다시 눈을 공략하고 눈을 막으면 다시 아래로 내려가길 몇 번, 그제야 지군레코드 사장이 날 붙잡았다.

나도 사실 기다렸다. 언제까지 이 짓을 할 수 없으니.

"대운아, 그만해라. 이만 가자."

"그럴까요? 안 그래도 슬슬 재미없어지려는데."

아무런 일도 없었던 듯 툭툭 털고 일어나자

"헛, 허허허허허."

기가 찬 듯 웃어 댄 지군레코드 사장은 죽는다고 바닥을 뒹구는 놈을 두고 곧바로 공연 윤리 위원회를 빠져나왔다.

차를 타고 오면서도 그는 계속 웃었다.

"허허허허, 허허허허허."

"……."

한참을 웃어댄 지군레코드 사장이 갑자기 내 어깨를 툭 쳤다.

혼내려나?

"하아~ 네가 인물인 건 진즉 알아봤는데. 이 정도일 줄은 몰랐다."

"……."

"어떻게 일곱 살짜리가 어른을 때려눕히냐. 10년 묵은 체중이 내려간 것처럼 속은 시원하다만 이제 어떻게 할 생각이냐? 큰일 났어. 너나 나나."

큰일 났다면서 히죽히죽.

"당분간 자중하고 있어야죠. 설마 애한테 얻어터졌다고 신고하고 그러진 않을 거 아니에요."

"뭐?"

"경고한 거예요. 잘못 건들면 너도 피 본다는 걸요."

"그러다 영영 음반을 못 내면?"

"까짓거 외국에 가면 되죠. 저깟 구더기 무서우면 어디 장이나 담그겠어요?"

"뭐라? 앗, 하하하하하하."

한참을 웃었다.

그가 진정하고 나서야 말을 이었다.

"그나저나 이제 페이트 1집은 다 글러 버린 거죠? 죄송해요. 괜히 사장님께 폐만 끼쳤네요."

"아직 아냐. 혹시 몰라서 영어 버전은 아까 비행기 태워 보냈다."

"네?"

"소니에 보냈어. 관심 있으면 계약하자고. 너는 자신 없냐?"

"자신이라뇨. 소니에 귀가 제대로 달렸다면 달려들겠죠."

"그래, 지들이 깝쳐도 일본까진 못 건들이지. 뭐 나도 걱정 마라. 아무리 지랄을 해도 날 직접적으로는 못 건드려. 기껏 해야 몇몇 곡 금지로 찍겠지."

"죄송해요. 제가 좀 더 참았어야 했는데."

"아니다. 오늘 진짜 시원했다. 안 그래도 어린놈이 반말 찍찍 해대서 심정 상하던 차였는데. 가자. 가서 밥이나 먹자."

"그래요. 기분 더러울 땐 순대국밥이 최고죠. 수육에 든든하게 콜?"

"그래, 콜이다. 이쒸."

괜찮은 척, 센 척했지만, 속으론 후달렸다.

젠장, 사고 한번 거하게 친 거다.

왜 그랬을까?

이성적으로 판단하고 훗날을 도모했으면 됐을 텐데.

기어이 성질 못 이기고 들이받다니.

어차피 페이트 1집이 국내 판매용이 아니었다 해도, 또 일본 수출이 된다면 원래 목적인 선점은 이룬 게 맞다 해도, 뒷맛이 개운하지 않았다.

'상사맨이 배알이 꼴린다고 바이어를 박아 버린 꼴이라니.

거래처가 끊기겠어. 하필 국가 권력과 싸우다니.'

요새 너무 기고만장했나?

정작 판매 금지 사유에 대해선 따져보지도 못하고.

영어가 그렇게 문제라면 학교에서 영어는 왜 가르치고 미국이랑은 왜 수교하고 방송사 이름은 어째서 영어냐고. 베사메무쵸도 외래어가 아니냐고 이것도 '키스해 주세요'라고 고쳐야 하는 거 아니냐고.

반박할 말들을 잔뜩 준비해 갔는데.

장독부터 깼다.

"……."

만화 스타에이스 건이 기억났다.

1회 방영 때인가? 주인공 이름인 다쿠마부터 OST, 모든 것들이 일본의 것 그대로 나온 적이 있었다. 이 만화 원작이 당가드였던가?

어쨌든 그게 단 하루 만에 싹 바뀌어 나왔다. 다쿠마의 이름은 강철로, OST 또한 한국인 가수가 부른 거로.

이런 시절인데. 이렇게 서슬 퍼럴 때인데. 스타이에스도 첫 방영이 1986년인가 그랬는데.

난 1983년에 들이받았다. 교만에 쩔어 죽으려고 빽 쓴 것이다.

어쩌지?

어쩔까?

그러고 보니 강철 혹은 다쿠마도 내 꼴과 비슷했다.

일요일 아침 방영되며 수많은 어린이의 잠을 설치게 한 주제에 정작 자기는 로봇 근처로는 가 보지도 못했다.

"아아~ 진짜 이민 가야 하나?"

SF 기갑물인데 로봇을 못 탄 주인공.

"푸른 하늘 저 멀리 떠다니는 우주선아, 승리의 깃발 되어 악당들을 무찔러라…… 힘차게 솟아라 평화의 여신. 스타에이스!"

스타에이스 OST나 흥얼거리며 집으로 들어갔더니 왜 이렇게 일찍 들어왔냐며 할머니가 좋아하셨다.

아무 일도 없었다는 듯 껄껄껄 웃으며 또 같이 마실 나갔다.

늘 가는 코스대로 한강 변을 거닐고.

물론 이곳도 2020년의 한강을 기억하면 절대 안 된다.

이 시대 한강은 똥물 중의 상 똥물로 비만 오면 온갖 폐수가 범람하고 비가 안 와도 은근슬쩍 콸콸콸 쏟아 버리는 통에 냄새가 쩐다.

행여나 발이라도 담갔다간 DNA가 뒤틀려 베놈이 될지도 모를 만큼 무서웠다. 아닌가? 베놈은 좋은 건가?

웃긴 건 한강이 그나마 제 모습을 되찾게 된 건 눈앞에 닥친 아시안 게임, 88올림픽 덕분이라는 것이다.

더러워서, 졸라 더러워서, 대통령의 눈에 거슬렸다는 것.

세계인의 한마당에 똥물이 웬 말이냐는 한마디에 폐수 버리는 업체는 다 박살 나고 한강도 바닥부터 싹 다 뒤집어 생난리를 쳐서 겨우 살린 것이다.

쪽팔려서 말이다. 하는 김에 서울의 쪽방촌들 밀어 버리고 남이사 돼지든 말든 대단위 아파트를 건설도 하고.

서울 시민, 환경 보존을 위해서가 아니라 가오 상해서.

"대구의 신천 같죠?"

"긋네. 쫌 더럽다. 대운이 니는 저기 가서 놀면 안 된데이. 눈병 난다."

"그럼요. 당연히 안 가죠."

라면도 안 팔고 치킨 배달도 안 오고 휴식 공간도 없는 강에 왜 갈까.

가만…… 치킨? 양념치킨과 관련된 특허가 나왔던가?

원래 개발자는 통 크게 열어젖혔다던데.

'에이씨.'

국민 음식에까지 손대고 싶진 않았다. 그 덕분에 세계 최고 수준의 치킨을 먹게 됐는데.

어쨌든.

주변에 갈 데가 없었다. 이런 똥물도 아쉬워서 찾아올 만큼.

잠실에 있던 큰 놀이동산도 1989년에나 개장.

짜증나는데 그 일대 땅을 다 사 버릴까?

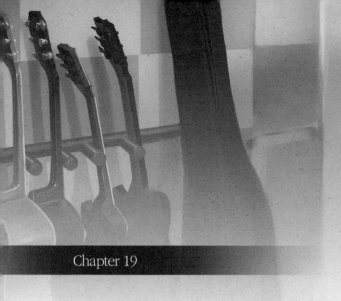

Chapter 19

저녁이 되어 조형만이 올 때까지 북적된 머리를 식히려 할머니와의 산책은 계속되었고 조형만은 오자마자 파블로프의 개처럼 알아서 컨설팅 자료를 전지에 옮겨 적는 작업을 했다.

며칠간 두고 봤는데.

"어째 아무런 움직임도 없네."

다행인지 불행인지 이상하게도 아무 일도 벌어지지 않았다.

경찰도 안 왔고 회사로 낯선 무리가 찾아온 일도 없었다. 최악을 상정하느라 골이 빠개질 지경이었는데 젠장.

"자기들끼리도 그리 돈독하지 않았나 보네. 더 짓이겨 주고 왔어야 했나?"

괜찮다 싶으니 걱정했던 만큼 후회로 전환되었다.

나도 참 간사한 놈이었다.

쫄릴 때랑 펴질 때랑 이렇게 다른가?

아무래도 그놈의 선택은 다음 앨범인 것 같았다. 어떤 앨범이라도 무작정 금지 도장부터 찍겠지.

여당에 반발하는 야당처럼 혹은 야당에 딴지 놓는 여당처럼.

하긴 애한테 얻어터진 걸 어디에 하소연할까. 말했다간 등신이라고 손가락질이나 받겠지.

다음에 만나면 코웃음이나 쳐 줘야겠다.

이렇게 정리하며 평온한 마음으로 출근했더니 유재한이 싱글벙글 다가왔다.

얘는 오늘따라 왜 이렇게 기분 좋아? 한 대 치고 싶게.

"좋은 소식."

"……예?"

"히힛, 첫 방 잡혔다. 쇼2000에서."

"쇼2000이요?"

"몰라? 거 있잖아. 주말에 이덕화가 나와서 사회 보는 프로그램."

"아!"

잠깐 헷갈렸다.

쇼2000은 대한민국 최고의 가수들이 나오는 대형 쇼프로그램으로 '토요일 토요일은 즐거워'의 전신이다.

당대 최고의 MC인 이덕하가 사회를 봤고 방영하는 토요일 밤 7시는 사람들이 거리에 없을 만큼 엄청난 시청률을 자랑했다.

그런 프로그램에서 5집 첫 방이 잡혔단다. 경사였다.

"언제예요?"

"내일."

"내일이라고요?"

뭐가 이렇게 빨라?

"뭐, 그냥 가면 되잖아. 아, 맞다. 생방송 인터뷰가 있다고 하더라고. 5집 나오기까지 우리가 좀 우여곡절이 많았잖아. 그걸 한 번 담아 보자고 하더라고."

"그거야 예상 질문지가 오면 답만 쓰면 되는 건데."

"응? 예상 질문지가 뭐야?"

"뭐예요? 예상 질문지도 안 줘요? 방송 나가기 전에 합은 맞춰 봐야 하잖아요."

"그런 게 어딨어? 그냥 물어보는 건데. 있는 대로 답하면 되지."

옴마야.

예상 질문지를 줘도 제멋대로인 애들이 얼마나 많은데.

방송 사고도 무섭지 않나? 생방송이라면서.

"조용길이잖아. 조용길. 검증된 가수. 누가 뭐라 하겠어?"

누가 뭐래.

"알았어요. 없으면 말죠. 잘하고 오세요."

"엥? 뭐야? 우리만 가라고?"

"……?"

"너도 가야지. 오필승 엔터테인먼트의 공식 첫 행사인데 네가 빠지려고?"

"저도 가도 돼요?"

"당연히 가야지. 무슨 소리야? 우리 총괄임과 동시에 실질적인 주인이잖아."

"전 거기까진 생각 안 해 봐서. 그렇구나. 알았어요. 내일 몇 시까지 준비하면 돼요?"

"오후 세 시쯤 출발하면 될 거다. 인터뷰 시간은 맞춰야 하니까."

"알았어요."

수락하고 나니 또 엄청 기대되었다.

우리 회사 전속 가수가 방송에 나간단다. 나도 드디어 방송국에 가 보는구나.

서둘러 돌아가 장롱에 잠겨 둔 옷가지들을 점검하였다.

"뭘 입어야 하나?"

제일 좋은 거로 빼놓고 취침.

다음 날이 되어 일하는 둥 마는 둥 시간 때우다 출발하는 조용길과 함께 방송국으로 날아갔다.

예전처럼 소녀팬들이 줄을 서서 기다리는 풍경은 보이지 않았지만 그래도 꽤 큰 무리의 아주머니들이 조용길의 복귀를 반기며 환영해 줬다.

그들과 반갑게 인사를 나눈 조용길은 곧바로 대기실로 직행했고 나는 강희철과 함께 위대한 탄생 스텝처럼 뒤에 따라붙었다.

"어어어, 거기. 거기. 꼬마."

문 앞에서 경비인지 수위인지 모를 사람이 잡을 때까진 아주 순조로웠다.

"네가 거길 왜 들어가. 가. 이놈이 어디서 새치기를. 빨리 집에 안 가니."

이런 일이 잦은지 경비 아저씨는 태도가 과격했고 그것도 모자라 내 머리채를 잡아채려까지 하였다. 옷가지도 팔도 아니고 머리채를 말이다.

위대한 탄생은 앞서가고 있었고 강희철이 막지 않았다면 난 꼼짝없이 개망신을 당했을 것이다.

"이보세요. 지금 누구 몸에 손대려는 겁니까! 당장 안 물러섭니까?!"

강희철이 앞을 가렸다.

경찰 대학 출신에 강력계에서 몇 년이나 구른 짬밥은 일반인이 버티기엔 무리가 있었다.

하지만 방송국에서 사람 상대하기로 이골이 난 경비도 보통은 아니었다. 잠시 움찔하더니 오히려 뻗댔다.

"그러는 당신은 뭔데? 뭔데 우리 업무를 방해하는 건데?!"

"업무 방해는 당신이 한 거죠. 감히 누구에게 손대려는 겁니까?! 무슨 권한으로요. 당신 우리가 이대로 방송 못 나가도 상관없습니까?!"

"예?"

그제야 경비의 기세가 수그러졌다.

출연자라면 전혀 얘기가 달라지니까.

"그럼 이 아이가 출연자란 말씀이십니까?"

"아니요."

"예?"

"아이라고 부르지 마세요. 오필승 엔터테인먼트 총괄님이십니다. 오늘 쇼2000에 출연하는 조용길 씨의 소속사 총괄."

"총괄? 조용길 씨…… 예?! 그게 무슨 말도 안……."

경비가 또 발악하기 전에 유재한이 안쪽에서 뛰어나왔다. 위대한 탄생이 직접 오려던 걸 막고 자기가 온 것이었다.

"지금 뭐 하세요?"

"어! 조용길 씨 매니저 아니십니까? 충성."

정중히 경례를 붙이는 경비를 본체만체 유재한은 도리어 따져 물었다.

"아니요. 지금 뭐 하시는 거냐고요? 왜 우리 총괄을 막으세요? 위대한 탄생이랑 같이 움직이는 거 못 보셨어요?"

"예?"

"유 대표님, 방금 이 사람이 장 총괄의 머리채를 잡아채려 했습니다."

"네?! 머리채를요? 이 아저씨가 지금 누구한테 손대려 한 거야! 아니, 우리 일행이랑 가는데 폭력을 쓰려 했다고?!"

"……."

"이거 안 되겠네. 당신 우리가 우스워?! 감히 누구한테 손찌검이야. 쇼2000 PD한테 당신 때문에 출연 못 하겠다고 해 줘?!"

로비가 소란스러워지자 사람들이 우르르 모여들었다.

나는 창피하였지만.

잠자코 있었다.

며칠 전, 이미 무리한 것도 있었고 이 일도 언젠가 한번은 넘어야 할 산이니까.

"……."

사실 이렇게까지 키울 문제는 아니었다.

방식의 문제였다.

경비원이 조금만 친절하게 '여기 왜 온 거니?' 정도로 대해 줬으면 강희철이 나서지 않았을 테고 '조용길 아저씨 일행이에요'라고 한 답변에 위대한 탄생에게 확인만 했으면 끝날 일이었다.

잡상인에, 치워야 할 쓰레기 취급에, 폭력까지 가미되자 강희철이 화난 거고 경비원은 쥐꼬리만 한 우월감을 표출하려다 된통 당하는 것뿐이다.

결국 보안 쪽 고위 인물이 나서고야, 또 진득하게 백팔 배쯤 사과를 받고 나서야 일은 마무리됐다.

대기실에서 자초지종을 들은 조용길도 벌떡 일어나며 화를 냈다. 대신 목소리는 차분했다.

"대운아."

"예."

"말만 해라. 오늘 방송 안 나가도 돼."

"예?"

"이 바닥이 은근 질시와 투기가 심해. 한 번 눌리면 얕잡아 보고 덤비는 놈들이 많아. 이 일은 전적으로 방송국 문제고 네가 원하면 보이콧할게."

"그래도 돼요?"

"그럼 방송국이 여기 하나뿐인가."

듣기엔 참 좋은 소리나 그렇게까지 갈 필요 있을까?

안 그래도 음반 심의 위원 코피 내고 오는 길인데.

나도 며칠간 반성 많이 하고 겸손해졌다.

PD가 한 일도 아니고 다른 사람의 일로 서로 어렵게 만들고 싶진 않았다.

"전 괜찮아요. 언제고 한 번은 터질 일이었잖아요. 그냥 구경이나 시켜 줘요."

"그런가?"

"그렇게 봐주세요."

"미안하다. 내가 널 직접 챙겼어야 했는데."

"괜찮아요. 희철이 아저씨가 막아 줬잖아요."

"그래, 이왕 이렇게 된 거 강하게 나가자."

"네."

"인사나 하러 가 볼까?"

조용길이 가장 먼저 들른 곳은 당연히 옆방이었는데 들어가자마자 백발의 남자가 벌떡 일어나서 반겼다.

"아이고, 동생, 살아 있었네."

"하하하하, 형님. 잘 계셨죠?"

"그럼, 나야 뭐."

친한지 조용길은 그의 백발부터 살피며 웃었다.

"형님은 여전하시네요. 포기하신 건가요?"

"하하하하, 이제 염색 안 하려고. 감당이 안 된다."

"글쎄 말이에요. 어떻게 젊은 나이에 이리 폭삭 늙으셨수?"

"또또또 그 얘기한다. 근데 얘는 누구야?"

"아! 인사해라. 대운아, 박상구 아저씨다."

나도 안다.

백발의 가수.

'조약돌'을 히트시키고 내가 개인적으로 좋아하는 '친구야 친구'를 부른 가수.

동글동글한 이미지로 대중에 친숙하며 뛰어난 입담으로 TV 프로그램을 자주 진행한 남자.

"아저씨요? 할아버지가 아니고요?"

"풉."

"아니, 얘야. 나 아저씨야. 나이도 여기 용길이 아저씨보다 조금 더 많을 뿐이야."

"아니야. 할아버지 맞아. 상구 할아버지 불러 봐."

"요, 용길아."

"아니에요. 죄송해요. 아저씨인 거 알아요. 아저씨, 노래도 아는걸요. 여보게 친구~."

불러 줬다.

아까도 좋아한다고 말했지만, 난 이 노래를 진짜 좋아한다.

박상구도 엄청 좋아했다.

"내 노래를 알아?"

"그럼요. 듣고 있으면 왠지 마음이 편해지거든요."

"하하하하하하, 그래, 고맙다. 고마워. 아유~ 이쁜 것."

못 참겠는지 날 얼싸안고 부비부비 댔다.

다른 사람이 본다면 영락없이 할아버지가 손주를 안는 광경이리라.

박상구는 한참 기쁨을 만끽한 후에야 날 놓아줬는데 조용길은 그때야 내 신분을 밝혔다. 이것도 은근 의도적이긴 했다.

"형님, 제가 독립한 거 아시죠?"

"알지. 작업실에 회사 차렸다며?"

"맞아요. 여기 대운이가 우리 회사 총괄이에요. 실질적인 주인이기도 하고요."

"뭐?"

이게 무슨 소리냐는 듯 나와 조용길을 번갈아 보는 박상구였다.

"형님이 워낙 바빠서서 모르겠지만, 대운이는 벌써 머리 올렸어요. 이민자, 패틴 김 선배님이 대운이 곡을 불렀고요. 앨범도 벌써 한 장 냈죠. 그 앨범을 지군레코드 사장이 일본에 수출하려고 작업 중이고요."

"······."

입을 떡 벌리는 박상구였다.

"오늘 인사는 저도 그렇지만 대운이를 알리려는 목적이 커요. 나중에 보면 잘 좀 챙겨 주시라고요. 앞으로 제 앨범의 모든 곡을 대운이가 다 제작할 거예요."

"옴마야, 그게 정말이야?"

"그럼요."

"허어······. 너 정말 대단하구나."

"앞으로 잘 부탁합니다."

"아니지아니지. 용길이가 이렇게 나오면 내가 오히려 부탁해야겠네. 그래, 앞으로 잘 지내보자. 대운아."

"감사합니다."

서로 좋게 인사하고 나오는데 유재한이 피식 웃으며 옆구리를 툭 쳤다.

"예?"

"너 모르지?"

"뭘요?"

"저 형님 주먹이 보통이 아니야. 한 방이면 꽥. 원터치야."

그러면서 다음 방으로 갈 때까지 그와 얽힌 전설을 얘기해 주는데 내용이 이랬다.

◇ ◆ ◇

"잘돼야 하는데……."

박상구 생애 첫 리사이틀이었다.

모든 준비를 마치고 요기나 할 겸 겨우 짬을 내 식당으로 왔건만 영~ 입맛이 돌지 않았다.

수저를 드는 둥 마는 둥 하는데.

극장 사회자 김태낭이 반찬을 밀어 주었다.

"안 먹히더라도 들어. 나중 가면 뱃심 부족해서 힘들어."

"이상하게 잘 안 들어가네요. 형님."

"당연하지. 그렇게 신경이 곤두서 있는데 물이라고 먹히겠어? 그래도 좋은 쇼를 하려면 할 수 없어. 마음 풀고 일단 먹을 수 있는 데까진 먹어둬."

"……예."

진심 어린 충고인지라 고개를 끄덕인 박상구가 막 한술 뜨려는 순간,

"어이, 상구 밥 묵나? 우와~ 내도 한 그릇 묵자. 누군 입이

고 누군 주둥이가?"

시커먼 덩치가 식당으로 들어왔다. 극장 기도였다.

딱 봐도 시비조라 김태낭이 박상구의 눈치를 보며 그를 말리려 했다.

"아이고, 와 그러소. 그러지 말고 이리로……."

"그냥 계세요. 얼른 먹고 가죠."

상관하지 않으려 했다. 중요한 때고 문제를 일으키고 싶지 않았다.

하지만 그게 또 약세로 비쳤던지 상대는 더 기고만장해서 소리쳤다.

"와? 아니꼽나? 연예인이라 카는 게 밥 한 그릇도 못 사 줄 형편이가? 그라믄 내가 사 주께. 아이고야, 참말로 조약돌만 한 게 귀엽네."

조약돌.

"……!"

그 순간 용수철처럼 튕겨 나갔다.

휘두른 주먹에 턱이 돌아간 기도는 그 자리에서 쓰러졌고 그걸 1열에서 관람한 김태낭은 훗날 이 상황을 이렇게 묘사했다.

"내가 말이지. 이소룡을 보는 것 같았다고. 비호같이 날아서 한 대 치는데 고목 쓰러지듯 쓰러지는 거야. 상구는 '워낙에 약한 놈이라서 그런 거지'하고 너스레를 떨었는데 그 기도가 과연 약체였을까? 하하하하하."

60년대, 70년대 연예인들의 주 무대는 극장 쇼였다.

관객 앞에서 노래도 부르고 코미디도 하고 2시간 남짓한 레퍼토리로 전국을 순회공연하는 것.

이름이 알려진 가수가 있다면 쇼는 인산인해.

코미디언도 마찬가지였다. 유명한 코미디언은 돈을 아무리 세게 불러도 시간이 부족해 오지 못했다.

볼거리가 없던 시대인 만큼 직접 찾아가는 극장 쇼는 인기가 하늘을 찔렀으니 돈은 자연스레 모여들었고 명성이 있는 극장 단장들은 가히 국가 귀빈급 대우를 받았다. 그렇게 쌓인 인맥도 상당하기에 정치권력 외 어설픈 자들은 건들지도 못했다.

그런 식으로 이룩된 카르텔로 1년 365일 각지를 돌며 공연하는 거였다.

당연히 주먹과 여자에 얽힌 비사가 많았고 누구의 주먹이 얼마나 세니. 누구랑 누구랑 붙어먹었다느니 소문은 늘 일상이라.

TV 방송에 밀리고 2000년대에 이르러 SNS나 유튜브 같은 것들이 생기며 세월의 소용돌이 속에 묻히게 되었지만, 이 시대의 극장 쇼는 '평생소원이 누구의 리사이틀 한 번 관람하는 거다'라고 말하는 사람이 넘칠 만큼 주가가 높았다.

그런 의미로 박상구와 함께 다니던 김태낭도 이름이 날려진 사회자인 만큼 힘이 막강했는데 웬만한 신인들은 그 앞에서 고개도 들지 못했다.

그는 언젠가 조용길에 대해서도 이런 일화를 말한 적 있었다.

"리사이틀 시대의 마지막 스타지. 일천구백팔십 년 십이월인가. 제주도 공연을 앞두고 출발하려는데 폭설이 쏟아지는 바람에 결항이 된 거야. 결국 약속된 시간을 지키지 못하고 쇼가 망해 버린 일이 있었어."

허탈해하는 조용길을 두고 주최 측 단장이 술이나 한잔하자며 좋은 곳에다 자리를 마련했는데 조용길이 '돈값도 못 한 주제에 좋은 술이 가탕키나 합니까'하며 포장마차로 이끌었고 3시간만에 혼자 소주 한 짝(20병)을 마셔 버리는 걸 봤다고 하였다.

모두가 기함을 토했다고.

"내가 공연하며 무수한 애주가를 봤는데 조용길 같은 두주불사는 처음이다. 그렇게 먹고도 다음 날 아무 일 없이 공연하는 걸 보면 어휴~."

이외에도 입이 열릴 때마다 기인 송창신, 한국 록 그룹의 창시자로 불리는 키보이스의 윤한기(신중헌의 애드포가 더 빨리 만들어졌지만, 대중에게 인식된 최초의 록그룹은 키보이스다), 어릴 때부터 세상 물정에 빠한 혜은희, 유들유들한 분위기 메이커 하춘아, 돌발 사태의 주인공 조영난, 국제적 지성미 가수로 통한 김상이와 인성 좋은 펄시스터즈, 시대의 퍼포머 김춘자, 피날레 좋아하는 김세레난, 장난꾸러기 남짐, 대인배 나훈하 등 줄줄이 흘러나왔다.

인사하러 다니면서도 유재한은 신나서 자기가 기억하는 모든 비사를 나불댔고 내 귀는 쫑긋.

나야 음원밖에 모르는 사람이라 피가 되고 살이 되는 얘기였다. 가요계의 산 역사니까.

하나하나 머리에 새기고 쇼2000의 출연 가수부터 PD, 스텝들을 두루 만나며 얼굴을 익혔다.

그때마다 조용길은 나를 오필승 엔터테인먼트 총괄이라 정식으로 소개하였고. 물론 대부분이 농담이거니 하며 인정하지 않는 분위기였지만 인사는 마쳤다.

"쇼2000 시작합니다~."

이덕하의 외침에 따라 포문이 열렸다.

그러고 보면 이때의 이덕하도 김태낭이 그러하듯 단순한 사회자가 아니었다.

어설픈 가수 정도는 바로 쳐낼 수 있는 실력자였고 위상 또한 2000년대를 주름잡은 MC 유재식과 비교해도 넘어섰으면 넘어섰지 떨어지지 않았다.

그런 그마저 조용길의 컴백은 중요한 일이었는지 순서가 되자 온갖 미사여구를 넣어 가며 이슈를 띄웠다.

그리고 그의 시그니춰인 '부탁해요~'도 같이.

이때의 '부탁해요'는 토토즐 때와는 임팩트가 달랐지만 어쨌든 부탁해 줘서 고마웠다.

챙챙챙

드러머의 신호가 도입을 알리고 녹음 때부터 타이틀로 약속한 '나는 너 좋아'가 엔진에 시동을 걸었다. 신곡임에도 대체로 분위기는 어색하지 않았고 주변 시선도 좋았다.

다들 만족한 가운데 약속된 인터뷰 시간이 됐다.

이덕하가 기쁜 얼굴로 다가와 조용길에게 마이크를 가져다 댔다.

"수고하셨습니다. 신곡이 '나는 너 좋아'라고 했나요? 아주 멋진 노래군요."

"감사합니다."

카메라를 향해 고개 숙이는 조용길의 등을 살짝 토닥거린 이덕하가 다음 질문을 던졌다.

"이번 앨범 작업하시는데 애로 사항이 꽤 많았다고 들었습니다. 어떻게 잘 해결되셨습니까?"

"국민께서 걱정해 주셔서 무사히 해결 봤습니다. 지금은 음악에만 열중해도 될 정도로 안정돼 있습니다."

"아, 그러시군요. 잘됐군요."

"감사합니다."

"다 좋다고 하시니 드리는 말씀인데. 이번에 논란이 된 저작권이라는 게 무엇인지 조금만 설명해 주실 수 있겠습니까?"

"어렵지 않습니다. 저작권도 특허와 마찬가지로 먼저 제작한 사람의 공로를 인정해 주자는 취지로 만든 제도죠. 예를 들어, 이 빨대를 보십시오."

언제 준비했는지 중간이 구부러지는 빨대를 안주머니에서 꺼냈다.

"별것 아닌 것처럼 보이지만, 이 구부러지는 작은 변화를 넣는 것만으로 개발자는 세계적인 부자가 되었습니다."

"오오, 그렇군요. 예전에는 무조건 일자 빨대만 쓸 수 있었죠?"

"네."

이번엔 찍찍이를 꺼냈다.

붙였다 뗐다를 반복하고는

"이것도 누군가 만들어서 엄청난 거부가 됐죠. 이렇게 무언가를 발명하여 사회를 이롭게 한 사람들의 공로를 인정해 주겠다는 게 특허입니다. 저작권도 같은 의미고요."

"그럼 곡도 특허와 똑같다는 말씀이군요."

"맞습니다. 처음 만들었으니까요. 물론 특허도, 저작권도 사고팔 수는 있으나 주인의 분명한 의사가 있어야 합니다."

"아아, 특허도 사고팔 수 있다는 얘기군요. 좋은 말씀입니다. 그럼 이번 앨범 얘기를 좀 해 볼까요?"

"네."

"듣기로 발매 직전에 한 곡을 빼고 새로 넣었다고 들었는데 어떻게 된 일입니까?"

"아! 선구자 말씀이시군요."

"어! 선구자를 빼셨습니까?"

이덕하가 왜? 라는 표정으로 물었다.

상식상 '선구자'란 온 국민이 사랑하는 곡이고 부르면 괜히 가슴이 웅장해지며 절로 애국심이 도는 곡이었다.

하지만 이런 어색함 속에서도 조용길은 단호했다.

"당연히 뺐어야 했습니다. 선구자는 앨범에 넣어선 절대로 안 될 곡이었으니까요."

"예? 선구자가요? 왜요?"

"저도 뒤늦게야 누군가에게 듣고 알았습니다. 선구자가 일제를 찬양하는 내용이라는 걸요."

"예?!"

두 눈이 땡글.

입을 떡 벌린다.

"선구자는 드넓은 만주 벌판에서 일본군과 목숨을 걸고 싸우는 우리 독립군을 때려잡기 위해 조직한 매국노 군단의 정신 무장을 위한 노래입니다. 독립군 추살을 위해 출정한 매국노들의 사기 함양을 위해 부르던, 그걸 위해 일부러 제작한 곡이라는 거죠. 제가 그 얘기를 듣고 얼마나 놀랐는지 모릅니다."

말을 하면서 조용길의 시선이 카메라를 스쳐 나를 향했다.

깜짝 놀랐다.

컴백 자리에서 이런 얘기를 할 줄이야.

나 나 잘했냐고 눈으로 얘기한다.

어쩌겠나. 일은 벌어졌고.

잘했다고 환하게 웃어 줬다. 큰 용기를 냈으니까.

그러나 저항은 강력했다.

"매국노들의 노래라고요? 선구자는 독립군들이 부르는 노래가 아니었습니까?! 이거 잘못 말씀하시면 큰일 납니다."

펄쩍 뛰는데.

조용길은 침착했다.

"이 부분도 아주 간단히 판별 가능합니다."

"판별이 간단하다고요?"

"예, 독립군은 절대로 선구자라는 단어를 사용하지 않았을 테니까요."

"예?!"

"선구자란 사전적 의미로 앞으로 더 나아간 자를 말합니다. 개척자 혹은 길을 만드는 자란 뜻도 있다지요. 헌데 노심초사 조국의 광복을 위해 오매불망인 독립군들이 과연 개척자, 길을 만드는 자란 단어를 썼을까요? 하루빨리 나라를 되찾을 생각밖에 없는 분들이 말이에요. 앞뒤가 전혀 안 맞습니다."

"……!"

"조금이라도 이상한 점이 있다면 빼는 게 당연한 거라 뺀 겁니다. 제가 저도 모르게 매국노들을 찬양하고 있었다고 생각하니, 분노가 치솟더군요. 부끄러워서! 민족을 위해 목숨 바친 분들께 얼굴을 들 수가 없었습니다. 안중근 의사님 죄송합니다. 이름 모를 우국충정의 영혼께 이 후손이 죄송하다는 말씀 올립니다. 여러분 마징가Z도 일본 만화입니다. 부디 너무 부르고 다니지 마세요."

그랬다. 마징가도 일본 만화 주제가였다.

정확히 기억은 안 나지만 90년대, 동대문 운동장에서 펼쳐진 야구 한일전에서 응원가로 우리가 마징가Z를 부른 적 있었다.

일본인들은 어리둥절.

얼마나 비웃음당했는지.

"아니, 잠깐잠깐잠깐만요. 지금 이 말씀. 다 검증된 말씀이십니까?"

"그래서 더 이상합니다. 우리나라에도 역사를 공부한 학자들이 참으로 많을 텐데요. 누구도 이것에 대해 이의 제기를 하지 않아요. 뜻풀이만 해 봐도 금세 알 수 있는 걸 그들은 과연 몰랐을까요? 그 사람들은 대체 왜 역사를 공부할까요? 아! 제가 틀렸다면 전심을 다해 그분들께 사죄드리고 은퇴하겠습니다."

"허어······."

"말이 나온 김에 한 말씀 더 올리겠습니다. 우리가 자주 찾는 창경원은 원래 임금님이 거하시던 궁궐입니다. 본디 이름이 창경궁이라고 하더라고요. 이걸 일제가 동물원으로 놀이동산으로 만들어 버린 겁니다. '원(苑)'으로 격하시키고요. 이해가 안 갑니다. 어째서 우린 우리 궁궐을 이렇게 놔두는 겁니까? 우리의 소중한 궁에 동물들의 똥냄새가 흘러넘치고 있어요. 전 도저히 이해할 수가 없습니다."

"……!"

이덕하가 어쩔 줄 몰라 하는 사이 날을 잡았는지 조용길은 더 큰 걸 던졌다.

"그리고 경복궁에 있는 조선총독부 건물은 어째서 그냥 놔 두는 겁니까? 박물관으로 이용한다고요? 이용할 게 따로 있지 요. 광복함과 동시에 제일 먼저 헐어 버렸어야 할 치욕적 흉물 이 아닙니까. 우리 경복궁에 '日'자 건물을 어떻게 그냥 둘 수 있죠? 이런 걸 두고 과연 우리나라가 광복했다고 말할 수 있겠 습니까? 자라나는 우리 어린이들에게 우리 어른이 잘 살았다 고 말할 수 있겠습니까? 전 부끄러워서 절대 말 못할 겁니다."

대형 폭탄이 터졌다.

어어 하는 사이 조용길은 자기 할 말을 다해 버렸고 PD가 서둘러 튀어나와 말리려 했으나 이미 방송을 탔다.

정적이 흘렀다.

생방송인데.

쇼2000은 주말 시청률 최고를 기록하는 TV 프로그램이었다.

일개 쩌리도 아니고 대중의 우상이라는 조용길이 컴백 무 대에서 핵폭탄급 메시지를 던졌다. 쇼는 어떻게 잘 끝났다지 만 파장은 절대 그렇지 않았다.

이미 다 봐 버렸다.

이미 모두가 알아 버렸다.

2020년대에도 어느 정도 수준에 이른 공인의 말은 일반 정치인을 압도했다.

하물며 1983년의 조용길이라면.

저작권 반환 소송으로 한창 이슈 몰이를 한 그가 돌아온 첫 무대에서 대한민국에 단호한 일침을 날렸다.

악!

여기저기에서 아픈 비명이 터졌다.

방송을 본 거의 모든 국민이 가슴을 부여잡았다.

서울, 대전, 대구, 부산, 울산 대도시를 주축으로 술렁거렸고 특히 학생들의 움직임에 큰 변화가 생겼다.

벽보에 붙어 있던, 응원가로서의 선구자는 그 순간 종적을 감췄고.

조용길의 발언을 꼬치꼬치 차근차근 일일이 자세히 캐 보면 캐 볼수록 틀린 게 없다는 걸 깨달은 학생들은 들고 있던 짱돌을 정부가 아닌 같은 학교 교수들에게 던졌다.

군부 독재 정치와 목숨 걸고 싸우던 열정이 방향성을 바꿨다.

제대로 된 연구 성과 하나 없이 거드름이나 피우던 교수들을 하나하나 센터 까져 찐으로 털렸고 조금이라도 이상 행위가 발견될 시 바로 끌려 나와 인민재판을 받았다.

그럴수록 학생들의 분노는 더욱 거세졌다.

≪이런 개 같은 놈들이 신성한 교정을 좀 먹고 있었다니!≫

그러나 교수들의 탄핵은 겨우 시작에 불과했다.

불길은 소위 역사학자라 이름 좀 나불대던 이들로 금세 번져 갔고 조사할수록 드러나는 그들의 민낯에 폭발한 학생들은 가만있지 않았다.

집 앞에서 매국노라 시위하고 창에다 돌 던지고 24시간을 돌아가며 그 주위를 떠나지 않았다. 목 놓아 소리쳤다.

경찰을 불러도 소용없었다. 학생들은 순수했고 순수함은 다른 말로 아무런 가책 없이 개미를 눌러 죽일 수 있다는 뜻과 같았다.

그렇게 밑바닥까지 털린 역사학자만 전국에 500여 명이라.

나라가 뒤집혔다.

학생들은 제2의 시일야방성대곡을 부르짖었다.

≪우린 언제까지 당하고만 살아야 하는가!≫

울분을 이기지 못한 학생들이 다시 거리에 쏟아져 나왔다.

처음엔 미적대던 언론들도 더 이상 버티지 못하고 이 사실을 전격 보도했고 어쩐 일인지 정부는 아무런 통제도 하지 않았다.

◇ ◆ ◇

"이거 정말이야?!"

"그런…… 것 같습니다."

"그런 것 같다니?! 말 똑바로 안 해 이 새꺄!"

"마, 맞습니다. 하나도 틀린 내용이 없습니다."

최정문 비서실장의 답에 전두한은 전투본능의 꿈틀거림에
눈을 빛내며 자기 턱을 잡았다.

화도 나지만.

분위기가 그때와 비슷했다.

12·12 군사 대혁명.

"으음……."

빨갱이와 함께 이 시대 가장 무서운 프레임 중 하나가 바로
일본 앞잡이라.

일 년 365일 정부만 욕하던 학생들이 오히려 정부를 부르
짖는 중이다.

지금 뭐 하고 있냐고.

어서 나와 때려잡지 않냐고.

'공공의 적. 이걸 내가 해결한다면? 유신정권도 해결하지
못한 오욕의 역사를 이 내가 해결하여 업적으로 삼는다면?'

정신이 번쩍 들었다.

이것이었다.

이것이라면 정권 찬탈의 당위성까지 한번에 잡을 수 있다.

집권한 이래 단 한 번의 칭찬도 받지 못한 정권이 사실은

이날을 위해 준비된 정권이라는 걸 푼다면?

머리가 팽팽 돌아갔다. 잘만 하면 단번에 판을 뒤집을 수 있다.

'내가 이러고 있을 시간이 없군.'

"최 비서, 중정부장 불러. 보안사령관하고."

"네?"

"뭐 해?! 빨리 중정부장이랑 보안사령관 부르라고 이 새꺄!"

"네넵, 각하."

◇ ◆ ◇

"아이고, 골이야. 이거 어떻게 하지?"

조용길이 사고 쳤다.

얌전한 고양이가 부뚜막에 먼저 올라간다고 사고 한번 제 대로 쳤다.

가뜩이나 공연 윤리 위원회 때문에 찍혀 나갈 판인데 이 일이 불러올 파장을 생각하면 아찔했다. 아니, 사석에서 말한 내용을 방송에서 떠들면 어떻게 하나. 가뜩이나 쫄려 죽겠구만.

고개가 절로 저어졌다.

내가 심의 위원을 팰 때 지군레코드 사장의 심정이 이러했던가?

"사업을 접어야 하나? 그냥 바쿠스만 올인해?"

진지하게 고민되는 순간이었다.

노다지인 음반 시장을 떠나야 하는 건 정말 아까운 일이지만 나는 혼자.

독고다이로는 슈퍼맨도 안 된다.

"어휴~."

끝도 없이 잘 나갈 거라고만 생각했는데 사업이 이렇게도 꺾이나?

헛웃음만 나오네.

"에고, 조용길이나 나나."

일단 사태를 지켜봐야겠다.

그래도 안 된다면 남은 돈으로 땅이나 왕창 사고, 훗날을 도모해야겠다.

TV를 틀었는데.

어머나! 대통령이 담화 중이었다.

가만히 들어 보니.

≪……이런 전차로 본인은 때가 왔음을 직감했습니다. 하늘을 우러러 한 점 부끄러움 없는 국가를 만들기 위해 최선을 다할 것이며 성역 없는 투명한 조사를 통해 그 민낯들을 낱낱이 밝힐 것을 국민 여러분께 약속드리는 바입니다. 그리하여 에…… 또…… . ≫

얘기인 즉슨, 정권 출범 때부터 민족 반역자를 조사 중이었고 국민이 이토록 성원하니 조금 이른 시기지만 기(旣)확보한 걸 토대로 대대적인 숙청에 들어가겠다는 내용.

"이게 무슨 일인지."

본 역사에서는 이런 일이 없었는데.

그러나 일은 정말 순식간이었다.

조용길이 언급한 창경원은 바로 영업 정지, 경복궁도 입장 불가 명령이 떨어졌다.

뉴스에서는 붉게 쓰인 영업 정지 팻말을 보여 주며 창경원에 있던 동물과 시설들이 과천으로 옮길 예정이라며 사실 올 초부터 정부는 이런 계획을 진행시키고 있었음을 알렸다. 서울대공원이 더 빨리 만들어질 모양이었다.

발 빠르게 움직였다.

민족 반역 조사국을 출범, 절차 따지지 않고 국민이 원하는 대로 즉각 움직이는 모습을 보였다.

이런 정권의 모습이 신선했는지 여론이 전과 달리 말랑말랑해졌고 그것에 신나 버린 민족 반역 조사국은 대뜸 국회의원 몇몇을 잡아와 신문하는 모습을 대대적으로 내보냈다. 그리고 사흘 뒤 국회에서는 '민족 반역자 처단을 위한 특별 조례'가 기습적으로 반포됐다.

- 일제에 가담했거나 일제의 이익에 도움이 됐다 판단되는

자들을 강제로 구금, 속박할 수 있는 권한을 한시적으로 준다.

한시적이긴 하나 바로 다음 날부터 유신 시대 때 빨갱이 하면 삼대가 탈탈 털린 것처럼.

어럽쇼. 너 민족 반역자야? 하는 순간 인생이 끝장나 버리게 된 것이다.

인권은 없었다.

뉴스로 신문으로 죄질이 나쁘다 판단되는 얼굴들과 그들의 개인 정보들이 낱낱이 쏟아지며 다이렉트로 국민에게 전해졌다.

민족 반역자가 사는 동네는 난리가 났고 그 집안은 줄초상이 났다.

본 역사를 아는 입장에서 무척 신기한 일이었다.

"뭐지?"

민족 반역자 청산의 마지막 기회였다고 평가받던 5공화국이 진짜 움직이고 있었다.

내 상황이야 어찌 됐든 박수 쳐 줄 일이었다.

잘한다. 잘한다. 잘한다. 잘한다!

그러나 남 일이 아니었다.

얼떨떨한 가운데 출근한 회사 앞은 난리였다.

어떻게 알았는지 사람들이 회사 앞으로 찾아와 만세를 부르고 조용길의 이름을 드높였다. 민족의 영웅이라 소리쳤고 곳곳에는 눈시울을 붉히며 손수건을 적시는 이들도 보였다.

도저히 들어갈 수 없어 도종민이 무사한지 전화로 확인하려 했지만, 신호가 자꾸만 중간에 끊긴다. 아니, 연결 자체가 안 된다.

전화선이 터졌나? 하긴 전국 각지에서 한 통씩만 전화 걸어도 몇 통일까.

때 아닌 회사 홍보라 좋긴 하지만 이것도 정도가 있었다. 집으로 돌아갈까 하다가 할 수 없이 지군레코드로 차를 돌렸다.

서로 어떻게 된 건지 아는 처지에 피신 왔다고 하니 피식 웃은 지군레코드 사장은 말없이 휴게실을 하나 내줬다. 거기 앉아 신문이나 보며 시간을 때우다 돌아갈까 했는데.

한쪽에서 또 큰 소리가 터졌다.

"뭐, 뭐라고?! 알았다. 알았어. 크하하하하, 그래, 잘했다. 너는 한 사흘 더 묵으면서 곁에서 지켜보고. 그래, 인마. 맛있는 것도 사 먹고. 알았지?! 끊자. 전화세 많이 나온다. 그래, 사흘 뒤에 보자. 으하하하하, 됐다. 됐어."

레코드사 주제에 방음이 이따위인지.

호탕한 웃음의 주인공은 굳이 언급하지 않아도 알겠고 성질 급한 그는 10초도 안 돼 입이 귀까지 찢어져 나에게 달려왔다.

"대운아, 됐다. 이제 됐어! 으하하하하하하."

"……?"

"뭘 멀뚱히 봐. 이놈아. 소니에서 계약했단다. 선주문만 10 만 장이다. 바로 생산에 들어갔어. 으하하하하하하."

"예?!"

"내가 아무래도 이상해 그때 바로 비행기로 녹음 원본을 보 냈잖냐. 그게 통했단다. 거기서도 두 번 듣지 않았대고. 끝. 그 냥 끝. 작곡가가 대체 누구냐고 난리라는데. 크하하하하하, 요 쪼그만 꼬맹이 놈인 줄 그놈들이 알까? 하하하하하하."

"……."

"이제 됐다. 됐어. 그 심의 위원 놈이 지랄하든 말든 일본에 서 생산 시작했으니 지들이 어쩔 거야. 근데 거기에서 페이트 는 누구고 부른 가수들이 누구냐고 자꾸 묻는다는데 어쩌지?"

뭘 어쩔까. 일부러 그러라고 만든 건데.

일본으로 넘어간 건 영어 버전이었다. 페이트야 그렇다 치 고 가수들조차 이니셜로만 찍힌 것.

한국 제품이라는 선입견을 주지 않기 위한 조치였는데 성 공한 모양이었다. 이 시기 한국 제품은 2000년대 중국 제품 의 이미지와 별반 다를 게 없었으니까.

이도 역사를 파고들면 억울한 면이 참 많았다.

1945년 8월 6일 히로시마에 Little Boy가 투하되며 일본이

패망하고 같은 해 8월 15일 우리나라는 광복을 맞이한다.

하지만 곧바로 터진 6.25에 나라는 산산이 부서져 걸레쪽 하나 남지 않게 되고 허리마저 동강 나버린다.

이에 반해 일본은 UN군의 전초 기지로서 엄청난 전쟁특수를 누린다.

즉 우리나라 때문에 기사회생한 나라가 바로 일본이었다.

그렇게 성장한 나라가 1960년대 차관을 빌미로 우리 경제를 종속하기 위한 중차대한 계획을 실행했다.

고부가가치 산업은 자기네들이 다 처먹고 우리는 하청, 생산 노동만 줄기차게 하게 만든 것이다. 거대 플랜트 산업도 기껏 만들어 놓고 일본에서 핵심 부품을 조달하지 않으면 돌아가지 않게끔 목줄을 걸고, 돈은 돈대로 처받으면서도 원천 기술은 전수해 주지 않았다.

우리나라는 할 수 있는 게 카피밖에 없었다. 제품의 질은 당연히 떨어질 수밖에 없었고.

그 결과 한국산 제품에 대한 세계인의 인식은 무조건 바닥이었다. 우리 국민조차 어디 가서 우리 제품을 감출 때라 앨범에 한국적 요소를 싹 뺀 건 어쩔 수 없는 고육지책이었다.

이럴 때 한국 이름으로 앨범을 낸다는 건 앨범을 팔지 않겠다는 소리밖에 되지 않았으니까.

전략이 제대로 먹힌 것이다.

"잘됐네요. 이대로 신비주의로 일관하시죠."

"신비주의?"

"궁금증을 자아내게 하는 기술이죠. 아슬아슬 보일 듯 보이지 않는 안타까움을 계속 주는 거예요. 대신 품질은 확실해야겠죠."

"오오, 신비주의. 그거 참 좋다. 알았어. 무조건 대외비로 할게."

"그나저나 얼마나 팔릴까요?"

"모르지. 그래도 최소 20만 장은 나가지 않을까? 지들도 통빡이 있으니까 선주문만 10만 장 때린 걸 테니까. 아이, 모르겠다. 모르니까 괜히 배가 고프네. 밥이나 먹으러 갈까?"

"좋죠. 일이 잘됐으니까 저번에 갔던 그 가든 어때요?"

"오오, 우리 대운이가 고기 맛 좀 아네. 좋았쓰. 가자. 기분이다. 오늘은 내가 다 낸다."

원래 자기가 다 내면서 저런다.

그리고 또 자기가 다 내 봤자 아이 포함 세 명이었다.

모처럼 기분 좋은 것 같으니 나도 최대한 지군레코드 사장 비위를 맞춰 줬다. 죽으나 사나 한 배를 탄 사람이 아닌가.

그렇게 압구정 가든에서 살살 녹는 고기를 뜯고 집으로 돌아왔더니 조형만이 와 있었다.

"오늘은 좀 일찍 퇴근하셨네요."

"볼 땅은 다 봤다."

"그래요?"

"이제 슬슬 니도 같이 가 봐야 하는 게 아닌가 싶다."

"저도요?"

"가 봐야지. 니가 살 땅 아이가."

의외였다. 그래도 한 달은 더 투입해야 가시적인 성과가 나올 줄 예상했는데.

같이 가자 할 정도의 자신감이라.

"어느 정도예요?"

"안달 났다. 서로 사 달라고. 못 팔아서 벌벌 떤다 아주."

"호오, 그래요? 얼만데요?"

"평당 1000원 부르는 곳도 있고 비싼 건 2500원 부르는 곳도 있다."

"1000원은 맹지겠네요."

"맞다. 그냥 야산이다."

주변이 다 그린벨트라 맹지고 뭐고 따질 필요는 없었지만, 나중을 생각하면 길이 날 구석이 있는 게 유리했다.

길은 땅값의 전부니까.

"덩치는 얼마나 돼요?"

"야산은 한 2만 평쯤 된다."

"2천만 원이네요. 아파트 한 채 값도 안 돼요."

"맞다. 싸다. 근데 국가적으로 그린벨트 묶어 놓은 데라 순전히 다 논, 밭이고 죽은 땅이다."

"그건 알고 있어요. 알겠어요. 내일 한 번 돌아다녀 보죠.

목 좋은데 있나 보고 괜찮으면 사죠. 안 그래도 회사도 못 들어가는데."

"응? 회사를 왜 못 들어가?"

"모르세요?"

"뭐가?"

"용길이 아저씨가 폭탄 터트려서 온 나라가 난리잖아요."

"뭔데? 무슨 폭탄을 터트렸는데?"

"아이고, 신문 좀 보세요. 아무리 그래도 세상 돌아가는 건 아서야죠."

"내야 왔다 갔다 하면 하루가 끝이라. 어차피 니가 있잖아."

맞는 얘기긴 하여 더는 뭐라 않고 자초지종을 설명해 줬다.

다 들은 조형만은 마치 처음 듣는 얘기인 양 표정이 변했다.

"그런 일이 있었다고? 이야~ 우리 조용길 이사님이 한 건 했네. 맞다. 그게 옳다. 그런 건 빨리 없애야제. 일제 강점기 흉물을 아직도 두고 있다는 게 말이 되나."

"안 그래도 대통령 각하께서 대국민 선언을 했어요. 곧 헐리겠죠."

"잘됐네. 원래 옛날부터 그래야 했다 아이가."

"내일부터 같이 나가면 되죠? 돌아다니다가 최종적으로 결정하자고요."

"맞다. 그럼 내는 이제 들어가 볼게."

"네, 내일 봬요."

다음 날이 되어 조형만의 차를 타고 분당 등지와 서판교 일대를 계속 돌았다.

정말 논밭밖에 없었다. 야트막한 야산 몇 개가 다였고 집들도 삼삼오오 몇 가구 되지 않았다.

확실히 시간 들인 공이 있는지 조형만이 나타날 때마다 몇 몇씩 아는 척하며 아쉬운 듯 굴었다. 빤한 눈치. 자기 땅 좀 사 달라고.

가만히 가지고만 있어도 최소 20배에서 100배까지는 충분히 볼 수 있는 땅인데 뭐가 그리 급해서 팔아먹지 못해 난리인지.

안타까웠지만, 어차피 내가 아니더라도 다른 사람이 채갈 땅이었다. 순박함을 가장한 욕망의 눈길을 보고 있노라면 있던 미안함도 달아났으니 이들에게도 동정은 사치였다.

나는 조형만의 조카로서 행동했고 어정쩡한 강희철은 경찰이라고 그냥 소개했다.

'순사가 왜 여길?' 놀래며 피했고 그래서 그런지 누구도 함부로 굴지 않았다. 조형만은 뻘쭘해진 강희철을 대놓고 놀렸다. 순사님이라고.

그렇게 이틀을 더 다니자 나도 내가 봤던 분당신도시의 모습과 현재가 일치되며 대략 생각을 정리할 수 있었다.

더 기다릴 필요 없는 터라 찍은 땅 주인과 약속도 잡고 바로 이학주 사무실로 갔다.

"이번엔 또 땅을 사겠다고?"

"예."

"동안제약도 그렇고 땅까지 산다고? 너 음악 한다고 하지 않았냐?"

"하죠."

"우리 조용길 씨 움직여서 사회 운동을 하시더니 땅 사서 또 뭐하려고?"

"에이, 누가 우리 조 이사님을 움직여요. 그런 말씀 마세요."

"아이고 행여나. 그 음악밖에 모르는 사람이 거기까지 생각했겠다. 아니야?"

그 부분만큼은 계속 숨기고 싶었으나 눈치가 너무 빨해 어쩔 수 없이 실토했다.

"그냥 선구자 뺄 때 도움 드린 것밖에 없어요."

"휘발유를 들이부은 거겠지. 아주 독사 같은 놈."

"에엑, 자라나는 어린이한테 너무 심한 말씀 아니세요?"

"자라나는 어린이 좋아한다. 오필승에서 누가 너를 어린이로 보냐. 이 외계인 자식아."

독사도 부족해 외계인까지.

놔두면 계속 갈굴 것 같아 얼른 본론으로 돌아갔다.

"땅을 좀 사고 싶어요."

"어쭈, 말을 돌리시겠다?"

"제 길을 찾아간 거죠. 선배님~."

"아유~ 그놈의 선배님은. 징그럽다 이놈아. 내 살다 살다 일곱 살짜리 애교보다 소름 돋을 날이 올 줄은 몰랐다."

"좀 살려 주세요. 선배님, 대한민국 하면 땅 아닙니까. 이번에 싸게 땅을 가질 기회라 어쩔 수 없었어요."

국토 개발이 어떤 의미를 가지는지는 1970년대 강남 개발을 목격한 사람이라면 모를 수가 없었다. 그 일이 주변에 뿌린 파급력 또한 그러했으니 지금 강남땅이 천정부지로 오르는 이유는 굳이 설명해 주지 않아도 통했다.

강남에 가까운 분당 땅이 아직까지 천연기념물로 남아 있는 건 순전히 유신 시대 때 못 박은 개발 제한 때문이었고 그것은 곧 나에게 기회였다.

지금이 아니면 안 되는 기회.

"그래서 순전히 땅 욕심이다?"

"그러니까 그린벨트 땅을 산 거죠. 안 그러면 다른 곳으로 노렸겠죠."

"어이구야, 이젠 나한테까지 샤킹이네. 말이나 못 하면 덜 밉지. 내가 네 말을 믿어야겠냐. 이놈아. 하여튼 전에 네가 얘기해서 준비는 해 뒀는데. 좀 한군데만 집중해 주면 안 되겠냐?"

"왜요?"

"정신 사나워서 그렇지. 잘 나가다 뭔가 흐름이 끊기는 것 같기도 하고."

"챙길 수 있을 때 챙겨야죠. 지금 아니면 안 되는 것들이 주변에 널렸는데요."

"거기 땅도 기회다?"

"생각 있으시면 참여하셔도 되고요."

"어휴, 내가 너랑 무슨 얘길 한다고. 그래서 뭔데? 가서 계약해 달라고?"

"네, 내일 조 실장님과 같이 가서서 매매계약 좀 체결해 주세요."

"얼마나 큰 건데?"

"우선 두 사람인데요. 합쳐서 2만5천 평 정도 될 거예요."

맹지랑, 맹지랑 붙은 땅이었다. 야산은 그렇다 치고 도로와 붙은 땅은 겨우 5천 평밖에 되지 않는데 2만 평을 이겨 먹었다. 그래서 예산이 오버됐다.

"2만5천 평?! 이야~ 간도 크다."

"6천만 원 드릴게요. 가서서 바람 잡은 노인네들 떡값도 챙겨 주고 땅 주인에게도 섭섭지 않게 조금씩 더 넣어 주세요."

"다 쓰고 오라는 거냐?"

"남으면 조 실장님이랑 나눠 가지시던가요."

"아서라, 내가 공금 가지고 놀겠냐. 대충 챙겨 주고 오면 되지?"

"그럼요. 가오 한번 크게 잡으세요. 돼지도 한 마리 잡고."

"돼지까지? 뭔…… 너 일곱 살 맞냐?"

"맞아요. 출생연도 1977년. 선배님이 사법연수원 2년 차로 빡세게 공부할 때 전 달구벌의 정기를 받아 태어났죠."

"아휴, 말로도 변호사를 이겨 먹으려 해요. 변호사 자격증 딴 놈 무색하게."

"설마요. 제가 선배님 얼마나 존경하는지 잘 아시잖아요."

"일 시킬 때나 존경하겠지."

"부탁드립니다. 존경하는 선배님."

벌떡 일어나 허리를 90도로 꺾었다.

"오냐. 인사성 하나는 좋네. 알았다. 미리 얘기한 것도 있어서 나도 더는 말 안 하겠다. 조 실장."

"넵, 고문님."

"조 실장이 참 고생이 많소. 어떻게 이런 꼬리 아홉 개 달린
여우랑 만났소."

"아입니더. 지야 시키는 대로 하는 건데예."

"아이고, 그러십니까. 위나 아래나 하여튼. 알겠어요. 내일
아침에 우리 사무실로 오세요. 기다리고 있겠습니다."

"감사합니다. 고문님."

"조 실장이 왜 감사해요. 감사할 놈은 따로 있는데."

"선배님, 저도 감사드립니다."

"됐다. 이놈아. 어서 집에나 가라. 할머니 걱정하시겠다."

"옙, 분부 받들겠습니다. 그럼 소신 이만 물러가겠습니다.
선배님."

보람찬 하루였다.

내일이면 그 땅들이 우리 회사 명의가 된다.

돈 더 벌면 이참에 서울 주위로 땅이나 잔뜩 사둘까. 음반
발매도 제동 걸렸는데.

지금 도곡동 땅값이 얼마나 할까? 타워 팰리스가 들어오려
면 한참 걸릴 텐데 그것도 호로록하면 안 되나?

이런저런 달콤한 생각에 빠져 밤을 보낸 나는 다음 날도
회사 앞에 진을 친 사람들이 때문에 지군레코드로 출근해야
했다.

그런데 웬일인지 사장이 직접 와서 나를 반겼다.

"왜 이제야 오냐? 짜식아."

"예?"

"한참 기다렸잖아, 오늘 물건 들어왔다."

"물건이요?"

"모르네. 얘기 안 해 줬나? 아니다. 그냥 눈으로 보는 게 낫겠지. 기다려 봐라."

자기 사무실에 갔는데 손에 앨범을 몇 장 들고 왔다.

"봐라. 일본에서 찍은 거다."

"아아, 나왔나 보네요."

"잘 나왔지?"

잘 나왔다.

인쇄 기술도 더 뛰어난 건지 어디 하나 번짐 없이 깨끗했다. 우측 상단에도 소니 뮤직과 지군레코드, 마지막으로 OPS 로고가 붙어 있었다.

빨리 들어 보고 싶어 턴테이블을 돌렸다. LP가 뱅뱅 돌며 바늘이 가장자리에서부터 홈을 따라 안으로 들어가며 아날로그 특유의 잡음을 내는데 캬~ 이 맛에 LP를 사는 모양이다.

1번 트랙 'Hero'부터 'Plastic Love', 'Take My Breath Away', 'The time of my life', 'Don't Worry Be Happy' 등등 순서대로 10번 트랙까지 조금의 문제도 없이 완벽하게 흘러나왔다. 음질도 최상.

"어떠냐? 죽이지?"

거드름 피울 만했다.

엄지를 치켜들었다.

"마음에 들어요. 최고예요."

"내가 진짜 아우, 짜증나서."

"예?"

"그 쉐리들이 판매 금지만 놓지 않았어도 한국판이 먼저 나왔을 거 아냐."

"아아, 그건 괜찮아요. 어차피 시험 삼아 1만 장만 찍어 볼까 했잖아요. 저는 불만 없어요."

"그래도 내가 화딱지 나서 그렇지. 이 정도 퀄리티의 곡을 우리말로 못 듣게 됐잖아. 나쁜 놈들."

나쁜 놈들인가?

자기는 생으로 저작권을 먹으려 들었으면서.

개과천선하셨나?

다시 보니 적당히 무식하고 적당히 단순한 면이 은근 귀엽긴 했다.

하지만 나는 지금 조용한 곳으로 가 혼자 감상하고 싶었다. 따뜻한 차와 함께.

"저 죄송해요. 사장님."

"으응? 뭐가 죄송해?"

"저 이거 집에 가서 들으면 안 될까요?"

"왜 안 돼. 너 주려고 일부러 빼놓은 건데."

"너무 좋아서 혼자 조용히 음미하고 싶어서요. 죄송해요."

"이거 네 거야. 이 녀석아. 당연히 그래도 되지. 네 첫 앨범 인데 오죽하겠어. 알았다. 얼른 들어가라. 일은 내일 얘기하 자. 내일."

"감사해요. 내일 뵈러 올게요."

"그래, 장한 것. 얼른 들어가. 얼른."

손짓으로 휘이휘이.

"그럼 들어갈게요. 아참, 이번 대금은 상계하지 말고 온전 히 보내 주시면 안 돼요?"

"왜?"

"이것저것 떼 주고 났더니 운영비가 모자라서······."

"알았다. 까짓것 조용길이 6집에서 또 상계하면 되지. 아닌 가? 지금 앨범 나가는 모양새가 최소 30만 장은 찍을 것 같던 데. 너도 알겠지만 이런 일은 오래 끌수록 좋지 않아."

"그럼 상황 봐서 다시 얘기해요. 그리고 감사해요."

"감사하긴 뭘. 내가 더 고맙지. 어서 가라. 가서 편안히 잘 들어."

"네."

대답은 열심히 하긴 했는데 나도 바로 들어가진 않았다.

비록 표절이라지만 처음으로 만든 앨범이었다. 떨리는 가 슴을 진정도 할 겸 남한산성으로 향했고 강희철과 백숙을 먹으며 한참 시간을 보내다 집으로 돌아갔다.

그러나 이번엔 신 비서가 날 기다리고 있었다.

겨우 잔잔해진 가슴이 또 폭풍이 치려 하였다.

오늘은 날이 안 좋나?

"신 비서님, 오셨어요?"

"괜찮습니까?"

대뜸 괜찮습니까? 라니…….

아! 조용길.

"저희는 괜찮아요."

"위원장님께서 걱정이 많으세요. 직접 오시려 하셨는데 지금 움직이면 언론이 포착할 것 같으시다며 저만 보내셨습니다."

"괜찮은데……. 그래도 감사하다고 전해 주세요. 생각해 주셔서."

"위원장님께서 얼마나 아끼는지 아시죠? 그나저나 괜찮다니 저도 다행이라 생각합니다."

말이 끝남과 동시에 현관으로 다시 나가려 하였다.

쿨한 양반이다.

"벌써 가시게요?"

"가야죠. 무사한 걸 봤으니 전해 드려야죠."

"그러지 마시고 식사라도 하시고 가세요. 모처럼 오셨는데."

"안 됩니다. 위원장님 보좌하는 게 제 역할입니다. 지금 소식을 목 빠지게 기다리고 계실 겁니다."

"아, 그럼 이거라도 가지고 가실래요?"

들고 있던 페이트 1집 영어 버전 중 한 장을 꺼내 줬다. 방 구석에 놓아둔 한국판 샘플도 가져다줬다.

"이건…… 뭐죠?"

"이번에 소니와 계약한 앨범이에요. 저번에 드린다고 말씀 드렸던 건데. 아쉽게도 한국판은 정식 발매는 안 되게 됐어 요. 샘플링이라도 정품과 똑같으니까 들을 만하실 거예요."

"예? 그게 무슨 얘기입니까? 소니랑은 계약했는데 한국판 은 정식 발매가 안 되다뇨?"

"심의 위원이 판매 금지 처분을 내렸어요. 영어를 쓰고 건 전 가요를 안 넣었다고요. 곡이 사회 불안을 조장한다고 그러 더라고요. 가서 따져 물었다가 꿀밤도 맞았어요."

"예?! 손찌검을 당했다고요?!"

신 비서는 얼른 고개를 들어 멀뚱히 서 있던 강희철을 노려 보았다.

강희철도 처음 듣는 얘기라 깜짝 놀라 나를 처다봤다.

"아니, 그게…… 손찌검까진 아니고. 그날 하필 희철이 아 저씨 휴가라 일이 꼬인 거예요. 너무 뭐라 하지 마세요."

"경호를 맡겨놨는데 팔자 좋게 휴가라니. 하여튼 알겠습니 다. 제가 들어 보고 처리하겠습니다."

"아…… 그런 의도가 아니었는데. 죄송해요."

"아닙니다. 저번에 위원장님께서 필요한 일이 있으면 언제

든 전화하라는 말씀을 흘려들으셨군요. 앞으로 무슨 일이 있
으면 꼭 저한테 먼저 전화해 주세요. 그래야 가타부타 저도 처
리하죠. 이걸 위원장님이 먼저 아셨으면 어쩔 뻔했을까요."

아~ 그럴 수 있구나.

신 비서 입장에서는 충분히 일리 있는 말이었다.

잘못했다간 근무 태만이나 능력 부재로 인식될 테니.

"……죄송해요. 생각이 짧았어요."

"그리고 강 경사님."

"네……."

"이번에 큰 실수하신 겁니다. 대운 군한테 문제 생기면 위
원장님께서 화를 내십니다. 이게 무슨 뜻인지 모르십니까?"

"죄송합니다. 면목 없습니다."

"오늘 일은 제 보기에 아무런 이상이 없는 듯하니 불문에
부치겠습니다. 하지만 다음은 없습니다. 명심해 주세요."

"넵, 기필코 시정하겠습니다."

"앨범 문제도 기다려보세요. 큰 문제가 없다면 풀어 드릴
게요."

하며 무서운 표정으로 나가는데 도저히 잡을 수가 없었다.

"……"

아니다. 차라리 이게 나을지도 모르겠다.

곤란해진 강희철에겐 미안하지만.

나라고 그 꼴을 당하고 신 비서에게 전화하고 싶지 않았겠

나. 힘이란 본디 있으면 사용하고 싶어지는 게 인지상정이고 그 쉐리만 생각하면 하루에도 열두 번씩 직통 전화를 날리고 싶었다.

그러나 그보다 전화 걸었을 때의 부담감이 더 컸다.

하나를 받으면 반드시 하나를 줘야 하는 이 바닥의 생리라면 계산상으로야 미래 정보를 움켜쥔 내가 절대적으로 우위에 서겠지만, 실전은 엄연히 달랐다. 그리고 그렇게 잘못 나대다가 노태운의 적에게 걸리기라도 한다면 일생이 꼬일 수 있었다.

그래서 더욱 조심스러웠는데.

알아 버렸다.

결국 꼰지른 꼴.

근데 왜 이렇게 개운할까?

"미안하다. 그런 일이 있었는지 몰랐다. 내가 큰 실수를 했구나."

"아니에요. 별일 아니라 얘기 안 한 건데 하필 신 비서님 앞에서 꺼냈네요. 아저씨 곤란케 하려는 마음은 없었어요. 죄송해요."

"아니야. 다 내 잘못이다. 아무리 급해도 휴가를 내선 안 되는 거였는데."

"어떻게 휴가를 안 내요. 집안 어른이 병원에 입원하셨다던데. 그런 거 걱정하지 말고 일 생기면 무조건 말씀하세요.

전 아저씨가 행복했으면 좋겠어요."

"으음……."

무슨 생각을 하는지.

충격 받은 강희철은 돌아갈 때까지 아무 말도 하지 않았다.

이 사람의 성격상 어떤 결정을 내릴지는 불 보듯 뻔했지만 사실 이도 내가 크게 관여할 문제는 아니었다.

엄밀히 말해 강희철은 내 사람이 아니니까.

어쨌든 이제 좀 조용히 앉아 페이트 1집을 들을까 싶었다.

하지만 LP판에 바늘을 올려놓은 지 5초도 지나지 않아 조형만이 들이닥쳤다. 술 냄새 펄펄 풍기며.

"하하하하하, 해냈다. 다 계약했다. 으하하하하하."

"오셨어요?"

"대운아, 2만5천 평 싹 갖고 왔다. 내가! 이 조형만이가 말이다! 으하하하하하하하~."

동네 떠나가라 고래고래 고함에 웃어 대는 모양새가 심상치 않았다.

얼마나 기분 좋은지 놔두면 누구에게든 '사랑한다'고 뽀뽀할 것 같은 기세라.

할 수 없이 내 욕구를 잠시 묻어 두고 그의 무용담을 들어 줬다.

잔치를 열어 줬다고. 돼지도 잡고 장국도 끓이고 막걸리에 소주에 부어라 마셔라 처음 변호사인 이학주를 보고 멈칫 어려워한 사람들도 한 잔 두 잔 넘어가며 이학주와 친해지고 싶어 몰려들었고 법률상담도 해 주고 분위기 아주 좋았다고. 땅 주인도 땅 산 사람도 모두 좋아 날뛴 건 처음 보았다고.

오늘 하루 있었던 일을 하나하나 보고하는데 문득 이런 생각이 들었다.

이 사람, 집까지 어떻게 왔을까?

"아, 글쎄, 오늘 아침에 갔는데 고문님이 한 명 더 데려온 거 아이가. 누군가 했는데. 그 사람은 끝까지 술 한 잔도 안 마신 기라. 고문님이 거하게 마실 것 같아 일부러 데려왔다고. 우와~ 독하대. 아무리 줘도 안 먹더라. 고문님 안전하게 모셔야 한다고. 덕분에 잘 타고 왔다. 하하하하하."

"우리 조 실장님, 오늘 기분 째지십니다. 자요. 보리차 한 잔 드이소."

할머니도 동참하셨다.

"하하하하, 할매요. 이 조형만이가 한 건 했다 아입니꺼. 드디어 밥값 했심더."

"밥값이요? 그게 무슨 말씀이신교. 대운이가 밥값 하라고 했으예?"

"아닙니다. 그냥 잘 지내라 캤는데 지가 좀 마음이 그랬다 아입니꺼?"

"우리 사이에 밥값은 무슨. 그런 거 없어도 됩니더. 안 긋나. 대운아."

"예."

"아이고, 할매요. 고맙심니더. 내가 이래서 여 오는 거 좋아한다 아입니꺼. 대운아, 대운아!"

"예."

"내도 쪼매 하제?"

"그럼요. 제가 믿고 일을 맡기는 분이신데요."

"하모하모. 뭐든 다 시키라. 내 뼈가 부서지는 한이 있더라도 니가 하라는 건 기필코 해내고 말끼라. 니는 내만 믿어라."

"그럼요. 아저씨만 믿고 있어요."

"그래?! 긋나? 아하하하하하하하하하."

웃는데도 왠지 우는 것 같은 느낌은 뭔지.

무엇이 그렇게 그를 구석으로 몰았는지는 모르겠지만, 어느 정도는 해소된 것 같아 나도 기뻤다.

그건 그렇고.

너무 취했다.

너무 좋아서 취한 거라 끊을 수는 없었지만 이대로 놔두는 것도 안 된다. 보통 이럴 땐 끝날 때까지 받아 주는 게 예의인데.

나도 오늘은 여유가 없었다.

눈치 보던 할머니는 얼른 조형만의 집에 전화를 넣었고 5분도 안 돼 아주머니가 달려왔다.

"하이고야, 이 양반이. 여서 이러고 있으면 우짭니꺼. 아이고, 죄송합니더. 이이가 원래 이런 사람이 아닌데."

"왔나? 우리 마누라! 하하하하, 예쁘고 토실토실하고 귀여운 우리 마누라."

안으려 하지만 등 스매싱이 먼저다.

찰싹.

"아야!"

"이 아저씨가 미쳤나. 여기가 어디라고 주정이고. 얼른 안 일어나나. 집에 아들 기다리고 있는 거 모르나."

"아들? 우리 아들이 있지. 이 아버지가 오늘 기분이 좋아서 좀 마셨다. 하하하하, 그래, 가자. 가서 우리 아들을 봐야제. 할매요."

"예."

"이만 돌아가겠심더. 안녕히 주무시소."

꾸벅.

"예예, 조심히 가이소."

"얼른 들어가서 쉬세요. 내일 하루는 휴가라고 전해 주세요."

아주머니에게 말해 줬다.

"휴가? 이런 사람이 뭐 이쁘다고 휴가까지 주노. 이 사람이 아이고 오늘따라 왜 이렇게 인사불성이고."

"사랑한데이. 정자야."

"동네 시끄럽다."

"내일 하루는 무조건 가족들과만 지내라고 얘기해 주세요. 모처럼 놀이동산에도 가시고요."

"놀이동산? 정말 그래도 되나?"

"그럼요. 큰일 하셨는데요. 아무 걱정 없이 푹 쉬세요."

흔들거리면서도 잘도 넘어지지 않고 가는 그를 배웅했더니 그제야 집이 조용해졌다.

더 이상은 방해하는 사람이 없겠지.

"감상 좀 해 볼까?"

LP판에 바늘을 올렸다.

소리는 일부러 크게 틀지 않았다.

1번 트랙부터 조용히 음미하며 나로 인해 비롯된 결과물을 즐겼다.

듣기 참 좋았다.

이 곡들이 지금 일본 시장에 깔리고 있다는 거다.

뭔가 좀 뿌듯하달까.

뽕이 차오르는 것 같기도 하고.

"좋아."

이 일이 앞으로 어떤 나비효과를 불러일으킬지는 모르겠다.

그러나 이 순간 나는 전혀 두렵지 않았다.

오히려 만족스러웠다.

오늘 내가 느낀 이 불길이 계속될 것을 믿어 의심치 않았고 앞으로 더 많은 결과물을 내야겠다는 사명감마저 들었다.

어떤 누구도 한국 음악을 비하 못 하게, 빌보드를 쓸어버린 2020년의 감동을 1980년대로 당겨오겠다.

LA로 간 코리안 특급이 IMF의 고통으로 신음하던 국민을 위로했듯 페이트도 그러했으면 좋겠다. 나를 장착한 한국이 세계인의 부러움을 샀으면 좋겠다.

"국뽕이라도 좋다. 이런 거면 뭐든 다 좋다."

◇ ◆ ◇

다음 날, 조금은 정돈된 마음으로 지군레코드로 갔는데 뜬 금없이 조용길과 위대한 탄생도 와 있었다.

왜 왔냐고 물으니 저들도 피난 왔다 하였다.

회사에 남은 사람은 도종민과 정은희이고 두 사람만 계속 고생이었다.

"아유~ 말도 마라. 어딜 다니질 못한다. 이건 뭐 인기 수준 이 아니야."

"맞아. 잘못 다니다간 쥐어뜯기고 깔려 죽을 판이야. 어떻 게 이렇게 뜨거울 수 있지?"

"뭘, 그렇게 불만들이냐. 그냥 감사하게 받아들여. 적어도 매국노보단 낫잖아."

"그렇긴 하지. 모르는 사람이 와서 욕하는 것보단 파이팅 하는 게 백번 낫지. 식당 가면 요리도 덤으로 주고."

"저것 봐라. 뉴스 좀 봐 봐. 아주 살벌하잖아. 저놈들은 빵 에 들어가서도 괴롭힘당할걸."

"그것 때문에 내가 요즘 화병이 다 사라지는 것 같다. 드디어 정부란 놈들이 일을 제대로 하나 봐."

하나같이 들떠서 떠든다.

그때 조용길이 진지한 표정으로 나에게 다가왔다.

"대운아."

"네."

"이거 원래 네 것이잖아."

"예?"

"경복궁도 그렇고 창경원도 그렇고 선구자도 다 네가 한 말이잖아."

뒤에 나올 말이 바로 읽혔다.

이 아저씨가 지금 무슨 소릴 하려고.

얼른 막았다.

"아무 말도 마세요. 그냥 가만히 계세요."

"뭐?"

"전 이게 좋다고요. 그리고 이거 아저씨가 다 한 거 맞아요."

"이게 어떻게 내가 다 한 거야? 네 말을 앵무새처럼 옮긴 것뿐인데."

사고 칠 기세라 다시 말을 잘랐다.

"그럼 제가 했다고 칠게요. 그러면 되죠?"

"그게 무슨 소리야? 사람들에게 진실을 알려야지."

"안 돼요. 이제 겨우 안정을 찾아가는데 또 불 지르려고요?"

"엉?"

"설사 제가 떠들었다고 쳐요. 사람들이 이만큼 반응했을까요?"

"그건……."

"다 아저씨나 되니까 이만큼 일이 커진 거잖아요. 안 그래도 할매랑 단둘이 사는데 저 사람들을 우리 집으로 보낼 생각이세요? 진짜 그럴 셈이세요?"

"아, 그게…… 난……."

"보호 좀 해 주세요. 저 그러다 죽어요. 일곱 살 나이에 사람들에게 깔려 죽긴 싫다고요."

"아……. 알았다. 내 생각이 짧았다. 그래, 이 문제는 네가 다 큰 다음 언급할게. 대신 이것만은 막지 마라."

예예, 뭐든 지금만 아니면 됩니다.

"알았어요. 알았으니까. 지금은 절대로 발설하지 마세요. 누가 물으면 그냥 국민으로서 당연한 애국심의 발로였다고만 대답하세요."

"근데 이 일로 일본과 틀어질 수도 있지 않겠어?"

갑자기 웬 일본?

"으음, 저야 뭐 틀어져도 상관은 없는데. 어쨌든 대답은 이렇게 하세요. 미래로 나아가기 위해 반드시 짚고 넘어가야 할일이었다고. 과거사 청산은 밝은 미래를 위한 중요한 선결 과제라 생각하고 이웃 국가인 일본도 같이 동참했으면 좋겠다

고 하세요. 우리가 언제까지 얼굴 붉히며 살 수는 없지 않겠
냐고요. 같이 좀 잘살아 보자고요."

"으음, 그게 좋겠네. 일본에도 내 팬이 많아서 요즘 곤란했
거든."

"좀 그렇긴 하죠."

조용길은 일본 팬이 아주 많았다. 우리가 상상하는 것보다
훨씬 더.

본국인 한국 팬들보다 더 지갑이 빵빵한 팬들로다 엄청나게.

"좋게, 긍정적으로, 이 사태를 용기에 대한 찬사라고 생각
하세요. 누가 이런 용기를 냈어요? 다들 쉬쉬할 줄만 알았지
제대로 진실조차 못 파헤쳤잖아요. 그러니까 너무 마음 쓰지
마세요. 할 일을 한 것뿐이잖아요."

"알았다. 이번엔 내가 마음 달리 먹을게."

다행이었다.

조용길이 입만 잘못 뻥끗 대도 내 안위는 깨진 소주병 꼴이
될 것이다.

"근데 오늘 스케줄 없어요?"

"내일부터 빡빡해."

아~ 오늘은 없구나.

"그럼 모인 김에 보양식이나 한 그릇 하러 갈까요? 다 같이?"

"보양식?"

"제가 어제 백숙 잘하는데 뚫어 놨는데. 한적해서 사람들

도 안 오고 괜찮더라고요."

"그래? 얘들아, 대운이가 백숙 먹으러 가자는데."

"오오오, 백숙 좋지."

"나도 백숙 좋아."

"백숙 얘기하니까 갑자기 백숙 먹고 싶어졌어."

"그럼 모두 찬성인 것 같으니까 우리 차 따라오세요. 희철이 아저씨, 남한산성으로 가요. 사장님, 사장님도 같이 가요. 데리고 갈 사람 있으면 다 데려오세요. 오늘은 오필승이 쏩니다."

신나게 달려 백숙집 하나를 통째로 전세 내고 그 집 토종닭 열 마리를 단번에 결딴냈다.

부어라 마셔라 노래하고 배 두드리며 즐겼고 누구는 한쪽에서 모자란 잠을 자기도 했다.

나도 토종닭 넓적다리를 호쾌하게 떼어 한입 가득 베어 물었다. 육즙 가득한 풍미가 내 비강을 치고 어깨를 짓누르던 긴장감마저 사르르 녹일 때.

저 멀리 아주 멀리.

공연 윤리 위원회 정문으로 한 남자가 들어서고 있었다.

무슨 일로 찾아오셨냐는 경비의 말에 남자는 잔뜩 거드름 피우는 자세로 신분증을 꺼냈고 더 오만한 말투로 무언가를 찾았다.

"나 이런 사람인데. 여기 음반 심의 위원회가 어디지?"

"아! 충성. 여기 계단으로 2층에 가셔서 바로 오른쪽에 있습니다."

"수고하고."

"감사합니다. 충성."

신 비서였다.

경비가 안내한 대로 조용히 2층에 오른 그는 음반 심의 위원회실이라 팻말이 붙은 사무실 앞에 섰다.

한숨 크게 내쉰 그는 똑똑똑 노크도 하지 않고 문부터 벌컥 열었다. 자연스럽게, 마치 이곳에서 몇 년간 근무한 직원처럼 들어갔고 그 행동엔 조금의 주저함도 없었다.

"누구……?"

느닷없이 들어오는 인물을 본 경리 비슷한 여자가 물어봤지만 신 비서는 쳐다도 보지 않았다. 다른 사람들은 자기 일 하느라 전혀 신경 쓰지 않았다.

그러나 신 비서를 알아보지 못한 대가는 아주 컸다.

"여기 페이트 앨범 심사한 새끼 누구야?!"

사자후와 같은 포효에 일순 모든 것이 정지, 또 모든 시선이 그에게 집중됐다.

"빨리 나와! 페이트 앨범 심사한 놈 어딨어?!"

사람들의 시선이 본능적으로 한 사람을 찍었다.

신 비서도 그를 봤다. 콧잔등에 반창고를 붙인 사람이다.

"너구나."

가자마자 짝!

찰지게 고개부터 돌아갔다.

한 사람의 뺨이 날아가자 몇몇 이들이 일어나 신 비서를 말리려 들었다.

"아니, 누구시길래 사람을 폭행합니까?"

"이봐요. 당신 누구야?!"

"경비 불러. 어서 불러."

"조용히 안 해! 이 새끼들이 감히 누구 앞에서 까불어!"

신 비서는 뺨 맞은 위원의 멱살을 잡고 일으켜 세웠다. 모두가 들으라는 듯 소리쳤다.

"너 이 새끼, 일본 앞잡이야?!"

"예?!"

맞은 것보다 더 깜짝 놀라는 그를 두고 신 비서는 주변에 있는 사람 하나하나와 눈을 마주쳤다.

"너희들도 더 참견하면 일본 앞잡이로 끌려갈 줄 알아. 알았어?!"

흠칫.

다가오던 사람들이 썰물처럼 물러섰다.

지금 나라의 최대 이슈가 바로 일본 앞잡이가 아닌가.

여기에서 매국노 프레임이 씌워지는 순간 대한민국에서는 끝이었다. 가만히만 있어도 레코드사들이 돈 싸 들고 발발 기는 노른자위 자리를 두고 별로 친하지도 않은 누군가를 위해 목숨 걸 사람은 단 한 명도 없었다.

"아닙니다. 아닙니다. 제가 일본 앞잡이라뇨. 제가 어떻게 일본 앞잡이입니까? 천부당만부당한 말씀이십니다."

"그런데 왜 조용길 씨가 부른 페이트 앨범을 판매 금지 시켰어? 너 이 새끼 일본한테 돈 받아 처먹은 거 아냐?! 일본 돈 받아서 조용길 씨 앞길을 막은 거 아니냐고?!"

"절대 아닙니다. 일본과는 눈도 마주친 적 없습니다. 조용길 씨 앞날도 막을 생각이 전혀 없습니다."

"그런데 왜 판매 금지야? 조용길 씨 몰라? 국민 영웅. 국민 영웅의 노래가 들어간 앨범이 왜 판매 금지야?"

"그, 그게……."

"너 이 새끼, 이상한 소리랑 입 밖에도 내지 마라. 온 집안을 조사관들이 들쑤시는 꼴을 보고 싶지 않으면."

"죄, 죄송합니다. 당장 해제시키겠습니다. 용서해 주십시오. 살려 주십시오."

"그건 당연한 거고 이 새끼야. 너 페이트도 때렸다면서?"

"아아, 그게……."

짝

빰이 다시 한 번 날아갔다.

"아흑."

"당장 가서 무릎 꿇고 사과해. 이 새끼가 어디서 건방지게 페이트를 건드려. 죽고 싶어?!"

"예, 예, 알겠습니다. 바로 가서 사과하겠습니다."

"똑바로 사과해. 사과 안 받아 오면 넌 죽어. 아니, 앞으로 페이트의 그림자만 밟아도 내가 찾아올 줄 알아라. 알았어?!"

"네, 넵."

"얼른 뛰어가 이 새끼야."

빡

머리통을 다시 후려치는 신 비서였다.

아픔도 느끼지 못하고 허둥지둥 뛰어나가자 옷매무새를 가다듬은 신 비서는 다른 위원들에게도 경고했다.

"너희들도 오늘 내가 왜 찾아왔는지 기억해라. 어디 감히 쥐뿔도 없는 권력으로 페이트를 건드려. 다시 경고하는데. 또 이런 일이 벌어지면 너희들 죄다 끌려갈 줄 알아. 알았어?!"

"""네넵."""

기합이 단단히 든 대답을 들은 후에야 신 비서는 외투를 탁 털며 몸을 돌렸다.

"X만 한 것들이 까불고 있어."

어제 페이트 앨범을 받은 위원장님은 참으로 기뻐하셨다.

그 곡들을 들으며 무척 즐거워하셨고 흐뭇해하셨다.

그렇게 좋아하셨는데 감히 판매 금지라니.

"건방진 것들이 어딜 감히."

신 비서는 다시 한 번 주눅 든 이들을 노려봐 줬다.

물론 이까짓 사소한 일은 보고할 필요가 없었다.

이런 일 처리하라고 자신이 존재하는 거니까.

품이 좀 들긴 했지만 어쨌든 도움됐으려나?

◇ ◆ ◇

신나게 먹고 돌아왔더니 지군레코드 분위기가 너무 어색
하였다.

원래 음악이 흐르고 조금은 소란스럽기까지 한 곳인데 정
적이 흘렀다. 범이라도 내려온 것처럼 사람들이 웅크리고 조
심스러워했다.

지군레코드 사장도 그제야 눈치챘다.

"거기 꽤 괜찮았어. 분위기도 좋고 맛도 좋고 다음에도 한
번 가자고⋯⋯. 어! 뭐야? 무슨 일 있어? 박 군아. 박 군아~."

부름에 후다닥 튀어나온 건 박 군이 아닌 경리였다.

큰일이라도 난 것처럼 사장을 만류하며 소곤댔다.

"사장님, 심의 위원이 와 있어요."

"뭐?"

"아까부터 1시간 넘게 기다렸어요."

"1시간? 그 쉐리가 여긴 왜 온 거야?"

"모르겠어요. 식사하러 멀리 가셨다고 해도 가지도 않고
막무가내로 기다리겠다고 저 안에 앉아 있어요."

"이 쉐리가 진짜 나랑 한 판 뜨러 온 거 아냐?!"

덕분에 우리도 좋았던 기분이 싹 가시며 살짝 긴장감이 올

라왔다.

그때 일로 앙심을 품었다면, 대놓고 해코지하기 시작한다면 다른 방법이 없었다. 이 시기, 국가 권력은 언터처블이니까.

하지만 지군레코드 사장도 보통 똘기는 넘었다. 평소 좋은 게 좋은 거라고 기름칠도 하고 대세에 거스르지 않으려 하지만, 선을 넘는 순간 심의 위원 정도는 눈에 들어오지 않았다.

"너희는 여기 있어. 이 쉐리 또 허튼소리 하면 내가 먼저 죽여 버릴 테니까."

두 팔 걷고 나아가는 그를 서둘러 잡았다.

"같이 갈게요."

"뭐?"

"도와야죠."

"으응? 네가?"

"그럼요. 오필승의 중요 협력사인데 우리 일이기도 하죠."

처음 황당하다는 표정이 점점 풀어졌다.

마음에 들었다는 얘기다.

"허허허허, 이거 든든하네."

"하나보단 둘이 낫죠. 영 안 되면 또 때려눕히고요."

"하하하하하, 알았다. 같이 들어가자. 대신 폭력은 안 돼. 해도 내가 해."

"알았어요. 봐 가며 행동할게요."

그렇게 또 우리를 따라오겠다는 조용길과 위대한 탄생을

떼어 놓고 심의 위원이 있다는 휴게실에 들어갔는데 우리를 본 심의 위원은 얼른 다가와 무릎부터 꿇었다.

'어어'하는 사이 게임 셋.

"용서해 주십시오. 제가 미쳤던 것 같습니다. 바로 판매 금지 해제에 들어갈 거고 뭐든 다 하겠습니다. 부디 용서만 해 주십시오. 다시는 이상한 짓 하지 않겠습니다. 제발 용서해 주십시오. 살려 주십시오."

"???"

"……!"

처절하게 비는 심의 위원을 보는데.

누군가의 얼굴이 슥하고 머릿속을 지나갔다.

그러나 말은 하지 않았다. 이게 신 비서 때문인지는 아직 확신할 수 없었고 설사 그렇다 한들 패를 까보이는 짓은 하지 않는 게 좋았다.

하지만 휴게실에 들어온 이래 심의 위원의 시선은 줄곧 나에게만 향하고 있었다. 너무도 애처롭고 애절하게.

"……."

신 비서구나.

속으로 한숨을 쉬었다.

'도대체 무슨 짓을 했길래 이 사람이 이 모양이 된 거야?'

장관직에서 내려오며 언뜻 끈 떨어진 연 같기도 했지만 이런 애들이 마음대로 개길 상대는 분명 아니긴 했다.

지군레코드 사장도 눈치챘는지 살짝 비켜섰다. 날 보좌하듯.

너무 궁금했다.

도대체 어떻게 해야 교만에 쩐 삼십 대 중반의 아저씨가 일곱 살짜리 어린애한테 눈물 질질 짜며 살려 달라 빌까.

한편으로는 무섭기도 했다.

그 칼이 나에게 향했다면?

어후…….

'이게 바로 1980년대.'

힘센 놈들의 시대.

살얼음판의 시대.

대한민국 카르텔을 완성시킨 그룹사들 전부 이런 시기를 넘긴 것이다.

돈 달라면 주고 때리면 맞고 까라면 까고.

온갖 경조사부터 자녀 입학식까지 다 챙겨야 했다고 들었다.

밉보이면 한순간에 날아가니까.

"……"

다시 돌아가서 심의 위원은 공포에 질려 있었다.

인생의 나락을 겪어본 자만이 알 수 있는 눈빛이 되어 내 자비를 구했다. 살려 달라고. 제발 살려 주세요라고.

겁도 나지만 또 한구석으로는 전율이 돋았다.

회귀한 지 몇 달이나 됐던가?

고작 그것만으로 난 전과는 전혀 다른 삶을 살고 있었다.

한낱 동네 코흘리개가 아닌 막강한 힘을 뒷배로 가진 자로서
말이다.

'나도 힘이 있어.'

물론 방심은 않는다. 화무십일홍이고 어느 한 사람만 전적
으로 믿고 있기엔 난 내 인생을 너무 사랑했다.

시기가 끝나면 꽃이 지는 법.

저들도 이 심의 위원처럼 처참하게 무너질 것이다.

어디 보자.

앞으로 대통령이 될 사람을 속으로 되뇌었다.

'전두한 다음에 노태운. 그다음이 김영산, 김대준, 노무헌,
이명반, 박근애, 문재일……. 다음은 몇몇 유력 이름이 거론
되긴 했는데 못 봤고.'

노태운을 끝으로 근 30년간 온 나라를 좌지우지하던 군부
세력이 물러간다.

익숙지 않은 자유가 넘치는 나라.

그로 인해 터져 나온 억눌림은 희한한 혼란을 불러일으키
고 그것을 이용하는 자들이 생겨난다.

그 시기를 살아오며 기쁜 일, 더러운 일, 추악한 일, 국뽕
터지는 일, 종류 가리지 않고 나는 다 지켜봤다. 극동의 반도
가 어떻게 뒤흔들리는지를 말이다.

조그만 힘에 취했다간 흔적도 없이 사라질 것이다.

'내 입장도 미리 정리해 놔야겠어. 노태운이랑 얼마나 갈

건지.'

결론적으로 말해 심의 위원은 용서해 줬다.

허리가 끊어질 정도로 반복해서 감사를 표하는 그의 어깨를 토닥여 줬고 며칠 있다가 전화 넣을 테니 즉각 나오라는 말을 던졌다.

그는 마치 천명을 받은 것처럼 황송해 했고 조심히 돌아갔다. 눈물 콧물은 덤으로 쏟으며.

이해는 되지만.

어쩐지 추레하다.

나도 저 꼴이 안 되려면 미리부터 단속해야 옳을 것이다.

"잘됐다. 대운아."

"네."

"너도 뒤에 든든한 수호신이 있구나."

"……."

수호신…….

그거 다 빚이에요.

내 복잡한 눈빛에 지군레코드 사장은 더 깊이 들어오지 않고 일 얘기로 돌렸다.

"내일이면 해제될 텐데 바로 생산에 돌입할까?"

"나중에 했으면 좋겠어요. 며칠 있다가 심의 위원 불러다 밥 먹으면서 천천히 풀어 보면 어떨까요?"

"안 될 거 없지. 그럼 나는 기다리기만 하면 되지?"

"왜 기다려요. 같이 참석해야죠. 동지인데."

"그런가?"

"사장님이랑 저랑 요새 아주 돈독해진 느낌이 들지 않아요?"

"너도 그러냐?"

"왠지 그런 예감이 들어요. 사장님이랑은 할 게 아주 많을 것 같다는."

시작은 좋지 못했지만 사실 그가 나에게 직접적으로 해코지한 일은 없었다.

그렇기에 유감은 더더욱 없었는데.

리스크를 안으면서까지 공연 윤리 위원회에 같이 가 준 의리는 충분히 보답해 줄 생각이다.

"잘됐네. 나도 그랬으면 좋겠거든. 대운아, 이대로 가기면 하면 되는 거지?"

"네."

"알았다."

한 명이 피 봤지만 한 명만 봐서 다행이었다.

그 한 명도 나중에 밥 먹이면서 어르고 달래면 오히려 이쪽으로 붙을 테고.

자신감은 넘쳤다.

채찍과 당근이 있으니까.

어쨌든 가슴 한구석을 움켜쥐던 벽이 사라진 기분이라 느낌을 더 즐기기 위해 난 퇴근을 선택했다.

오랜만에 여유를 즐기자.

TV나 볼까 하여 틀었는데.

조사국으로 끌려가는 매국노들의 모습이 보였다.

뉴스 통계를 보니 날이 갈수록 잡혀가는 숫자가 많아지고 있었다. 그들 주위로 '사형'이라고 외치는 사람들이 몰려들었고 밀가루와 날달걀이 날아다녔다. 성질 급한 몇몇은 직접 달려가 주먹을 휘두르는 장면도 생생히 중계됐다.

유신 시대 빨갱이 수색 이상이라.

민족 반역자 털기에 혈안이 된 국민은 또 학생들은 정부가 은근슬쩍 환경을 만들어 주자 성역을 가리지 않고 달려들었다.

조사할수록 삐져나오는 그들의 호화로운 삶이 독립군 자손들의 삶과 비교되며 더욱더 큰 분노를 일으켰고 조금이라도 일제에 가담한 흔적이 있다면 주권까지 말소해야 한다며 소명 운동이 일어났다.

군부 정권은 좋다고 병력을 투입해 매국노들을 개처럼 끌고 다니고.

이 일은 외신들도 앞다투어 보도했는데.

특히 일본 쪽에서 난리가 났다.

대한민국이 드디어 본색을 드러냈다며 인권 유린의 현장을 보라며 흉악한 사진만 꺼내 대서특필했고 어서 빨리 제재해야 한다며 세계를 상대로 선동했다.

하지만 이 시기 일본은 전혀 몰랐다. 미국, 프랑스, 독일,

영국 같은 나라들이 등 돌리고 있음을, 날이 갈수록 커지는 대일본 무역 적자를 만회하기 위해 음모를 꾸미고 있음을, 그들의 결의가 형태를 잡아가고 있음을.

그들은 1도 몰랐다.

"85년이 오면 알 게 되겠지."

그래서 그런지 어떤 국가도 일본의 손을 들어주지 않았다.

프랑스 같은 국가들은 오히려 진즉 해야 했을 일이라고 동조해 줬다.

오케바뤼.

더 신난 한국 정권은 누구 눈치도 보지 않고 민족 반역자 때려잡기에 열중했다.

그사이 나에게도 재미난 일이 생겼다.

2만, 3만씩 모이는 군중 속에서 노래 두 곡이 울려 퍼진 것이다.

Chapter 21

'친구여'와 '기다릴게요'.

친구 간 진득한 우정과 향수를 담은 '친구여'가 갑자기 독립군 간의 전우애를 담은 노래로 탈바꿈됐고 남녀의 애절한 사랑 노래인 '기다릴게요'가 조국을 잊지 못하는 절절한 독립군의 그리움으로 승화됐다.

누가 시작했는지 모르겠지만, 어디서나 들렸고 하필 두 곡 다 국민 영웅인 조용길이 불렀다는 것이다.

덕분에 5집의 판매량이 날개 돋친 듯 치솟았다. 턴테이블이 있는 집안이라면 양심상으로도 조용길 5집은 있어야 한다는 말이 나돌았고 쭉쭉 밀려드는 주문량에 지군레코드 사장은 비명을 질렀다.

그때 난 다른 일을 하기 위해 집을 나서고 있었다.

"준비됐다."

"이제 출발해 볼까요?"

오늘은 일일학습 전국 단합 대회가 있는 날.

약속한 대로 전국 영업소장들이 모인 자리에서 일일학습 컨설팅을 하기로 한 날이다.

사실 가고 있긴 한데.

너무 귀찮았다. 돈 받은 게 있고 또 그 돈이 오필승의 설립에 막대한 기여를 한 바라 어쩔 수 없지만 않았어도. 젠장.

다음부턴 이런 종류는 다시 하지 않을 생각이다. 슥슥 부르면 끝나는 음악에 비해 일하는 품이 너무 많이 든다. 짜증 나게.

준비된 차로 가려는데 조형만이 1층에서 기다리고 있었다.

"어, 아저씨가 왜 여기에……?"

"같이 가자."

"아저씨도요?"

"그래."

"……괜찮아요? 거기 전국 영업소장들이 다 모이는 자리잖아요."

"그러니 더 같이 가야지."

강희철과 단둘이 갈 생각이었다.

조형만은 아무래도 얼굴이 팔릴 것 같아 제외했는데 고집 부린다.

"정말 괜찮아요? 굳이 나설 필요 없으세요. 한 시간이면 끝날 일이에요."

"아이다. 거기는 더더욱 내가 가야 한다. 내가 에스코트해야 맞는 기다. 그게 도리다."

"……."

"내 걱정은 하지 마라. 내는 니 밑으로 들어갔고 지금까지 일 점의 후회도 없다. 대운아, 내 쓰는 데 주저하지 마라. 니가 그런 눈으로 보면 내가 좀 파인 것 같다."

이렇게까지 말하는데 안 데려간다면 신뢰에 문제가 생긴다.

"알았어요. 같이 가죠."

출발.

장소는 송추로 올라가는 길에 있는 계곡으로 축구장이 달린 유원지였다.

벌써 시작했는지 가까이 다가갈수록 확성기 소리가 크게 들렸고 사람들이 바글바글했다. 축구장은 천막 수십 개가 두르고 있었다.

고기에 막걸리에 판을 벌어졌고 서로 좋아라 웃어라 떠들고 있었다.

"즐거운 잔치네요."

덕분에 내 얼굴은 점점 어두워졌다.

저렇게 놀기 시작하면 아무리 좋은 얘기도 들리질 않는다. 잘못하다간 지루하다고 숟가락, 포크가 날아올지도 모르고.

'내가 어쩌자고 이걸 한다고 했는지……'

도착 소식에 소장들과 어울리던 김영현 사장이 찾아왔다. 몇 순배 돌았던지 이 양반도 볼이 새색시처럼 발그레했다.

"오오, 우리 천재 소년이 오셨구만. 반가워. 그래, 요즘 잘 지내나?"

왠지 비꼬는 투이나 모른 척했다.

"사장님도 안녕하셨어요?"

"나야 잘 지내지. 근데 뭐 좀 먹었어?"

말투도 건방지다.

"아니요."

"이 과장, 귀빈이 왔는데 빨랑빨랑 챙겼어야지. 애새끼가 느려 터져서."

"아, 넵. 죄송합니다."

삐질 땀을 흘린 이상훈 과장이 어디론가 가자 김영현 사장은 가만히 서 있는 조형남을 슬쩍 보고 또 강희철까지 보더니 피식 웃으며 주변을 보여 주었다.

"봐라. 어때? 죽이지? 이게 바로 일일학습이다."

이 말을 하고 싶었던 모양이다.

혼자선 안 되니 숫자와 규모로 내 기를 꺾고 싶었던 것.

나도 피식 웃었다.

"만족하세요?"

"응?"

"겨우 이런 것에 만족하신다면 1억 원은 돌려드릴게요. 말씀만 하세요."

"……."

표정이 탁 굳는다.

마음에 안 든다는 얘기.

에이, 그런 거로 기분 상하면 어쩌나.

비록 이 잔치의 주인공이 김영현이라지만 호의적이지 않은 사람을 봐줄 생각은 없었다.

얼굴에 돌을 더 던져 줬다.

"즐겁게 어울리는 건 좋은데 정신 똑바로 차리셔야죠. 사장님이 지금 이렇게 술 먹고 허랑방탕하게 시간 보낼 때가 아니잖아요?"

"……."

"미리 말하지만 날 이 자리에 부른 건 큰 실수예요. 일일학습 50년 중대사가 될지 모르는 기밀을 모두 앞에서 떠벌릴 생각을 하다니. 정말 답이 없네요."

"뭐……라고? 지금 뭐라고 했어?"

김영현 사장의 표정이 험악해지자 조형남은 언제든 달려들 것처럼 몸을 앞으로 향했고 강희철은 내 뒤로 한 발 더 다가왔다.

"물러서세요."

"뭐?"

"물러서시라고요. 지금 생각하는 거 하지 마시라는 말이에요. 진정하시는 게 서로에게 유익하다는 말이고요."

"뭐라고? 네가 뭔데……."

발끈하려는 김영현 사장이었으나 난 강희철을 가리켰다.

"이분은 현직 경찰이세요. 제 개인 경호를 맡고 계시고요. 아무리 사장님이시라도 무례하시면 큰일 납니다."

"경찰……이라고?"

"네."

"넌……."

"왜요? 제가 항상 사장님 예상을 넘어서나요? 맞아요. 저는 날로 변하죠. 사장님이 여전히 제자리걸음인 것과는 달리. 어떻게 계속하실래요?"

"……."

"사장님, 식사 준비됐습니다."

이상훈 과장이 끼어들지 않았다면 대치가 꽤 길어졌을 텐데.

퍼뜩 정신을 차린 김영현 사장은 우릴 아예 이상훈 과장에게 내던졌고 일은 그대로 진행할 거라는 말만 남기고 사라졌다.

이상훈 과장이 마련한 자리는 한적한 곳에 따로 떨어져 있었다.

"식순은 여기 있습니다. 식사하시고 10시 50분까지 저쪽

비닐하우스로 오시면 됩니다. 저기에 자리를 마련해 두었습니다."

"네."

"그럼 맛있게 드십시오."

이상훈 과장은 돌아갔지만, 우리 중 누구도 음식에 손대는 사람이 없었다.

나는 조용히 식순을 살폈고 강희철은 혹시 지켜봐야 할 게 있나 주변을 둘러보았고 조형만은 무엇인가를 다짐하듯 입을 계속 앙다물었다.

"다행히 체육 대회 앞 순서네요. 더 늦게 했으면 답이 없었을 텐데. 후딱 해치우고 가죠."

"……."

"왜 그렇게 무거우세요."

"니는 괜찮나? 안 떨리나?"

"유치원생을 두고 선생님이 무서워하는 거 보셨어요? 가르쳐 주러 온 건데요. 뭐."

"……그 정도가?"

"조 실장님도 계시고 강 경사님도 계시는데 제가 두려울 게 뭐가 있겠어요. 전 훈계만 내릴 뿐이에요."

"알았다. 내도 그렇게 알고 있을게."

"이제 좀 드세요. 차려 준 건데 조금은 먹어야죠."

"그럴까?"

"강 경사님도 드세요."

지금은 10시였다.

먹는 둥 마는 둥 젓가락질이나 하던 우리는 시계가 10시 40분을 가리키자 뭉그적 일어났고 발표 장소로 이동했다.

도착한 비닐하우스 동에는 사람들이 와자지껄했다. 안 들어오고 여전히 밖에서 술판 벌이는 이들도 꽤 됐다.

내가 나타난 것을 보자마자 이상훈 과장은 김영현 사장에게 눈짓했고 그가 끄덕이자 마이크를 쥔 이상훈 과장이 모두에게 알렸다.

"자자, 이번 순서는 본사가 야심 차게 준비한 시간입니다. 다름 아닌, 앞으로 우리 일일학습이 경쟁사들의 견제를 뚫고 어떻게 더 높은 곳으로 비상할지에 대해 진술하게 이야기해 보려 하는데요. 여러 소장님과 더불어 본사의 앞날을 위한 청사진을 제시할 예정이니 부디 경청해 주시기 바랍니다. 자, 큰 비용을 들여 모신 귀한 분이십니다. 모두 박수로 환영해 주시기 바랍니다."

동남아 순회공연하고 돌아온 누구처럼 소개했지만 정작 나에게 마련된 단상은 맥주 짝 네 개를 엎어 놓은 것이었다.

초라했고 청중은 대부분이 얼큰하게 취해 있었다.

주최자조차 술에 얼굴이 뻘겋고 눈빛은 더더욱 호의롭지 않았다.

이 좋은 날에, 이딴 자리를, 저 앞에 있는 아이는 대체 뭐냐며 분위기가 싸해졌다.

그 아이가 맥주 짝 위에 올라 마이크를 쥐는 순간 저항은 극을 찔렀다.

여기저기에서 고성이 터져 나왔다.

"뭐야?! 쟤가 왜 올라와?"

"무슨 저명한 교수 데려온 것처럼 떠들더니 겨우 애를 데려온 거야?!"

"에이씨, 방금 기분 째졌는디. 뭐시여, 지금 애새끼 불러 놓고 장난하는 거여?"

"장난인갑지. 아니면 본사가 이런 짓을 할 리 없잖여. 어여, 주인공 부르라고. 나는 참을성이 많당게."

"어! 쟈는 칠성영업소장 아이가?"

"옴마야, 맞네. 다 때려치우고 서울 가더니만 쟈가 와 저기서 나오노?"

"형만아~ 형만아, 행님, 여깄다. 여 봐라."

권위 없는 선생님을 누가 존경할 것이며 어떤 배움이 있을까.

이들에게 나는 즐거운 시간을 방해한 모난 돌에 지나지 않았다.

김영현 사장은 이 상황을 보며 즐겼다. 아무런 말도 없이 해명도 하지 않고 옆 사람이 따라 준 소주나 홀짝이며.

울컥 올라왔지만.

여기에서 멈춘다면 그는 필시 1억 원을 반환하라 할 것이다.

사실 그래도 상관은 없지만……. 아닌가? 오히려 망하게 놔두
는 게 낫지 않을까.

　내가 아무 말 없이 서 있자 이번엔 벌떡 일어나 소리 지르
는 사람도 생겼다.

　"어이, 계속 이럴 거야?! 끝내던가 나가던가. 빨랑 좀 하라고!"

　"빨리 내려보내라. 확 마. 짜증 올라온다."

　"씨벌, 내가 오늘 여기 올 때부터 아귀가 안 맞더라니. 여기
서도 지랄들이네."

　"야! 내려가 인마. 어디서 꼬맹이가 어른들 앞에 나서."

　"떽! 어른들 한티 장난하면 못 써. 엄마 어딨냐? 엄마는 어
디 있고 너만 여기 있어?"

　"야야, 그러다 꼬맹이 울겠다. 이상훈 과장이 올려 보냈으
면 이유가 있것지. 들어 봐라."

　"가만! 어! 쟈 쟈 아이가?"

　"뭐?"

　"저번에 칠성동에서 천재가 하나 나왔다 캤잖아. IQ가……
그래, 190이라고."

　"옴마야, 맞네. 그러네. TV에도 나오고 그랬다. 맞다. 쟈 맞다."

　"으응? 뭐라고요?"

　"쟈 IQ가 190이라고예. 뉴스 못 봤습니꺼? 전에 한바탕 난
리가 났는데. 천재 출현이라고. 방송에도 많이 나왔다 아입
니꺼."

"그라요? 저 꼬맹이가 그렇게 머리가 좋다요?"

"놀랠 노자라고 안 캅니까. 듣기로 벌써 고등학교까지 다 뗐다고 카던데에. 지금이 일곱 살이라던가."

"워메, 거시기 시방 그 말이 참말이여?"

"맞습니더. 이름이 장대운이라고 캤는데. 맞다. 저 옆에 서 있는 아가 본래 우리 칠성영업소장이라예. 천재 발굴한."

"아아, 워메. 야야, 야들아! 다들 조용히 좀 혀 봐라. IQ 190 이라잖여. 말 좀 들어 보자."

앞줄은 여전히 구시렁댔지만, 뒤에서부터 조금씩 진정되 더니 무슨 얘기를 하는지 들어나 보자는 의견이 생기기 시작 했다.

세기의 천재라는 타이틀이 제법 유용한 모양이다.

그냥 동네 꼬마가 아니라 뭔가 있는 아이라는 포장에 분위 기가 금세 만들어졌다. 광분하던 열기도 언제 그랬냐는 듯 식 었다. 양은 냄비처럼.

하지만 나도 만만한 놈은 아니다.

"미리 말씀드리지만 저는 여러분의 시간을 빼앗을 의도가 없습니다. 본디 일일학습의 컨설팅은 일일학습 본사를 위해 작성한 거고 그렇게 계약했습니다. 참고로 그 계약금이 1억 원입니다."

살짝 당황하는 김영현 사장의 뒤로 소장들이 또 범람하기 시작했다.

"뭐?! 1억?!"

"지금 뭐라 캤노?"

"1억이라잖어. 1억. 워메, 이 미친 것들."

"그럼 우리 사장이 쟈 부르는데 1억을 던졌다는 기가?"

"몰러. 내가 알어? 내 돈 아닝께 크게 관여할 문제는 아닌 것 같은디. 그래도 좀 거시기 하네."

"씨벌, 1억이면 얼마여? 그 1억 나한테 주면 더 잘해 줄 수 있는디. 내 인생살이를 책으로만 써도 10권은 나올겨."

"누가 니 인생을 궁금해하냐."

"1억…… 하아~ 난 평생 손에 잡아 보지도 못한 돈인디."

"사장이 돌아뿐기네. 칠성영업소장이 저리로 간 이유가 있었다."

여론이 안 좋게 돌아가자 김영현 사장은 당황해 어쩔 줄 몰라 했다. 액면 그대로라면 자신은 일곱 살짜리에게 1억을 투척한 등신이 되기 때문이었다.

그러나 장난은 여기까지.

"자자, 제 말씀 좀 들어 보십시오. 전 분명 1억을 받았고 그 1억보다 몇백 배 충실한 준비로 이 자리에 섰습니다. 하지만 계약에서는 클라이언트 즉 일을 시킨 사람이 만족지 못한다면 다시 토해 낸다는 조항도 있어요."

"뭐여? 제대로 못 하면 도로 내놔야 하는 거여?"

"하긴. 돈 1억이 똥개 이름도 아니고 어떻게 막 던져."

"그렇십니더. 무슨 안전장치가 필요하긴 하겠지예."

여론은 다시 술렁였고 나도 슬슬 본론을 꺼냈다.

"그런데 이 자리에 올라오면서 제 생각이 좀 바뀌었습니다. 본디 본사를 위해 만든 내용이다 보니 듣기 싫으신 분은 나가셔도 좋다고 말씀드리려 했는데요. 이참에 여러분들이 들어 보시고 판단해 보시는 게 어떨까요? 이게 과연 1억짜리가 되는지 말이죠."

"엉? 그게 머선 소리고?"

"뭐긴 뭐여? 우리더러 심판 봐달라는 거제."

"그려? 그러면 우덜도 1억짜리 얘기를 들어 보는 거여?"

"그렇다잖여. 넌 지금까지 뭘 들었냐. 여태 그 얘기한 거 아녀."

"그려? 그럼 듣지 뭐."

물론 아직까지도 입이 댓 빨 나온 이들이 많았으나 대다수는 한 번 들어 보자는 쪽으로 가닥이 잡혔다.

내 눈짓에 준비됐다는 듯 조형만이 근 일주일간 열성적으로 만든 전지 차트를 넘겼다. 수기로 작성하느라고 진짜 용뺐다.

이제 시작.

마이크를 들고 근 백 명에 달하는 사람들을 보았다. 다이아몬드 수저인 오대길이 대양그룹을 말빨로 접수했듯 나도 한 번 들이대 보자.

"듣고자 하시니 하긴 하겠는데. 시작하기 전에 하나 여쭤고 싶은 게 있어요. 여러분, 여러분은 병원에 왜 가시죠?"

"뭐여? 갑자기 병원은 왜 튀어나오는 겨?"

"그야 당연히 아프니께 가지."

"맞어. 아프니께 치료받으려고 가지."

"나도 그렇게 생각혀."

"맞아요. 아파서 가는 경우가 많죠. 갑자기 어디가 아파서 가든가 혹은 예전부터 아팠는데 도저히 못 참아서 가겠죠. 그런데 이게 참 문제입니다. 별일 아니면 좋겠는데 어쩔 땐 몹쓸 병이 걸린 경우도 있어요. 그때 의사는 이렇게 말하겠죠. 조금만 더 빨리 오셨더라면 치료가 가능했을 텐데라고요."

"옴마, 이거 어디서 들어 본 것 같은디."

"드라마에서 나왔잖여. 나랑 같이 봐 놓고선 저래."

"아아…… 그러네."

"어, 근데 이거 느그 엄니 얘기 아니여?"

"야이, 새끼가 여기서 그 얘길 왜 또 꺼내. 사람 심란하게."

몇몇이 떠들었지만 무시하고 나도 얘길 계속했다.

"컨설팅이란 본디 이런 겁니다. 의사가 환자 진료하듯 기업을 진료하는 거죠. 자세히 들여다보고 검사해 보고 아픈 데 없나 살피는 거죠."

"아아, 이게 그런 거였어? 청사진을 제시한다더니 그런 얘기였구만."

"음…… 그렇군."

"맞아요. 헌데 여러분도 아시겠지만, 의사도 다 같은 의사가 아니고 병원마다 치료 실력이 다 다르지 않나요? 큰 병이 생기면 너도나도 서울로 가려는 게 괜한 일이 아니잖아요. 아닌가요?"

"맞어. 우리 윗집도 어르신이 아파서 집안이 발칵 뒤집힌 적 있었어. 지금도 매주 서울 올라갔다 하느라 허리가 부러질 지경이랑께."

"우리 옆집도 그려."

"맞다. 우리 사촌도 그랬다. 집에 누가 아프면 집안이 온통 망꼴 나는 기라."

"지금 우리 집이 그려. 씨벌. 나가 돈 안 벌믄 다 죽는 겨."

여기저기에서 경험담이 나오자 분위기가 조금은 숙연해졌다.

이 시기엔 왜 이렇게 아픈 사람들이 많았는지. 심장병이고 희귀병에 죽을병은 가난한 자들에 더 많이 나왔다.

말을 이었다.

"들어 보니 명의가 얼마나 귀한 존재인지 여러분은 아실 것 같네요. 그런데 명의와 돌팔이의 차이는 무엇일까요?"

"명의랑 돌팔이? 그야 제대로 치료하면 명의고 헛발질하면 돌팔이 아녀?"

"맞어. 우리 새끼 아픈 데 돌팔이 잘못 만나서 큰일 날 뻔했당게. 노상 헛발질이여 개쉐끼가."

"맞어. 돌팔이 새끼들은 돌로 쳐 죽여야 혀. 모르면 모른다고 하면 되잖여. 괜한 헛짓거리 안 허게. 단물 쓴물 다 빼먹고 뻔뻔하게 자기는 잘못 없다고 하고. 에잉, 나쁜 놈들."

돌팔이가 의외로 많은지 공감하는 사람들이 많았다.

하긴 나도 겪어 본 적 있었다. 어떤 병원은 단박에 치료하고 어떤 병원은 이리 가라 저리 가라 돌리기만 하다가 끝나고. 환자는 아파 죽겠는데.

"맞아요. 명의는 원인을 정확히 파악해서 제대로 치료하는 분을 말하죠. 돌팔이는 말 그대로 나쁜 놈들이고요. 그리고 지금 저는 여러분들 앞에서 명의인지 돌팔이인지 심판받고 있고요. 아닌가요?"

"어! 그러네. 이게 그렇게 돌아가는 거였네."

"아아, 말이 이렇게 되는 거였나?"

"희한하네."

"쪼매난 놈이 말을 참말로 잘하네."

"자자, 이쯤에서 궁금하지 않으세요? 제가 1억을 받고 일일 학습을 연구해 내린 진단이 뭔지."

"궁금혀."

"그러네. 갑자기 되게 궁금해지네."

"맞어. 엄청 궁금해졌당께."

근 백 명에 달하는 인원의 허리가 앞으로 쏠리고 있었다.

내 말에 주목하기 시작한 것이다.

하지만 쉽게 주지는 않는다.

"조금은 쓴소리인데 괜찮을까요?"

"괜찮여. 어디 아픈지 알려 주는 거잖여."

"하모, 어디가 아픈지만 알아도 반은 먹고 들어간다 아이가."

"말해라. 뭐든 다 들어 주께."

"네, 이렇게까지 말씀들을 해 주시니 저도 기탄없이 꺼낼 게요. 지금 여러분이 몸담은 일일학습은요. 망조가 들다 못해 썩어 갈 지경이에요. 아마도 10년 안에 이 학습지 시장에서 밀려 보이지도 않은 구석에 처박혀 버릴 게 분명합니다."

"……."

"……."

"……."

"……."

"……."

"……."

"……."

비닐하우스에 일순 정적이 흘렀다.

잘못 들었나 귀를 후비는 사람도 있고 서로가 들은 게 맞냐고 확인하는 사람도 있었다.

그나마 가장 빨리 정신 차린 사람이 김영현 사장.

그가 벌떡 일어나 소리쳤다.

"그게 무슨 말도 안 되는 소리야?! 이놈이 지금 우리 일일학습을 뭐로 보고 그따위 망발을 지껄여!"

나도 지지 않았다.

"이거 왜 이러세요? 그거 막으려고 저한테 1억이나 투척한 거 아니었어요? 사장님이 이렇게 파투 내시면 나도 바로 접습니다. 사장님이 파투 냈으니 1억도 안 돌려주고요."

"뭐라고?!"

"잘 들으세요. 사장님! 뭔가 사태 파악이 안 되시나 본데. 내가 요 근래 번 돈만 20억은 돼요. 고작 1억에 움직일 사람이 아니라는 겁니다. 그런데도 이렇게 성실하게 약속 지키러 왔잖아요. 진짜 파투 내실 거에요?"

"이……이……."

그래도 파투는 안 되겠는지 부들부들 떨기만 하였다.

나는 김영현 사장은 무시하고 영업소장들을 보았다.

"자, 저는 이렇게 진단을 내렸습니다. 여러분들이 영업소를 접게 될 거라는 얘길 했어요. 왜냐고요? 말해 드려요?"

"……."

"……."

"……."

"……."

"일일학습은 60년대부터 이어온 구태의연한 태도를 앞으로도 견지할 것일 테고 새롭게 태어나는 경쟁자들에게 시장을 다 내주고 성수동 작은 공장 하나 운영하는 것으로 만족하게 될 겁니다. 당연히 여러분은 각자도생해야겠죠."

"……."

"……."

"……."

"……."

"놀라셨나요? 너무 놀라지 마십시오. 사실 진단은 쉬웠어
요. 환자가 어떤 식이든 병원에 왔으니까요. 물론 자기가 중
병에 걸린 것도 모르는 게 함정이긴 한데 다행히 제가 진찰했
고 이렇게 결론까지 나왔습니다. 빨리 치료하지 않으면 당신
죽는다고 알려 드렸어요."

검지로 콕 찔렀다.

소장들의 허리가 뒤로 젖혀졌다.

"……."

"……."

"……."

"……."

"자, 제가 돌팔이일까요? 명의일까요? 괜한 불안감만 일으
켰나요? 되지도 않는 소리로 여러분들을 힘들게 했나요? 이
좋은 자리에 좋은 얘기만 해 주고 물러가도 될 텐데 어째서
판을 깨는 소릴 했을까요? 1억을 받아서일까요? 아님 사명감
일까요?"

충격이 큰 건지 열이 받은 건지 얼굴은 모두 붉으락푸르락
한 데 아무도 입을 열지 않았다.

그래서 다음으로 넘어가려 했다. 한 번 더 아프게 찔러주려고.

그런데 뒤에서 누가 손을 들었다.

"보, 보소. 하나만 물어봅시다."

"네, 말씀하세요."

"우리가 망할 거라 했는데. 진짜 망합니까?"

"회사는 안 망해요. 규모만 줄어들 뿐 그대로 가죠."

"그 말은…… 그럼 우리들만 망한다는 겁니까?"

"시장을 빼앗기면 돈이 안 되잖아요. 돈 안 되는 걸 들고 있을 사람은 없겠죠. 혹시 손해 보면서도 영업소를 계속하실 분 계신가요?"

"……."

"……."

"……."

"……."

"재밌는 건 그럼에도 이 학습지 시장이 해 볼 만하다는 겁니다. 희망이 아주 커요."

"그건 또 무슨 소립니까? 방금 망한다 해 놓고."

반말에서 존댓말로 바뀌었음에도 누구 하나 눈치채지 못했다.

그만큼 집중하고 있다는 것.

그만큼 나의 권위가 커지고 있다는 것.

웃어 줬다.

"제 말을 이해하시려면 여기 차트를 먼저 보셔야 합니다."

눈짓에 조형만이 차트를 넘겼다.

"이게 현재 대한민국 사교육 시장입니다. 물론 제 추산입니다만 얼추 들어맞을 겁니다."

"저게 뭐고? 1천억?"

"1, 1천억이라고예?"

"사교육이면 그 과외하고 학원 다니는 거 아이가?"

"그게 이래 컸었나?"

차트 중앙에 크게 적힌 1천억 원이라는 숫자에 모두가 기함하였다. 커 봤자 달에 몇십만 원 단위가 전부인 영업소에서 감당하기엔 너무 큰 숫자이긴 했다.

김영현 사장을 불렀다.

"현재 일일학습 1년 매출이 어떻게 되죠?"

"그건……."

단번에 시선이 김영현 사장에게로 쏠렸다.

구체적으로 밝히기 어려운가?

그의 얼굴이 붉어지는 걸 보고 질문을 바꿨다. 그게 중요한 게 아니니까.

"매출을 직접적으로 말씀하시기 곤란하시면 유료 구독자가 얼만지는 알려 주시죠."

"그건…… 한 1백만 정도 될 겁니다."

"계산이 딱 나오네요. 편의상 지대가 한 달에 1천 원이라 치자고요. 그러면 한 달에 10억. 연간 매출이 120억쯤 나오겠네요. 놀랍게도 일일학습이 사교육 시장의 10%를 차지하네요. 어마어마하지 않나요?"

상상도 못 한 숫자인지 사람들의 눈빛이 이상해졌다.

이렇게 돈을 쓸어 담으면서 고작 지대 몇십 원 안 낮춰 주냐는 것이다.

잘못하다간 싸울 판이라 서둘러 부연 설명에 들어갔다.

"자자, 이건 순전히 매출입니다. 공장 돌리는 비용, 재료비, 배송비, 인건비에 전국 소장님들이 가져가는 몫을 빼면 쫙쫙 줄어들어서 년에 한 10억쯤 이익이 나올까요? 각 영업소도 똑같잖아요."

"그런가?"

"그러네. 우덜도 전기세, 수도세, 인건비, 지대 주고 나면 남는 게 없잖여. 난 지난달에 겨우 10만 원 남겼어."

"난 또…… 그걸 본사가 다 먹는 줄 알았지. 내는 니보다 좀 낫네. 15만 원 남겼다."

"내는 7만 원인데."

"니는 시작한 지 얼마 안 됐잖아. 자슥아."

개념을 이해했는지 다들 고개를 끄덕였다.

나는 오히려 더 크게 소리쳤다.

"어! 만족하시는 거에요?! 그렇다면 이거 정말 실망입니다.

여러분들이 여기에 함몰되시면 안 되죠. 겨우 100억에 만족하실 거예요? 뒤에 900억짜리가 있는데."

"900억?"

"그러네."

"아니잖아. 저거랑 우덜이랑 무슨 관계가 있어."

"맞어. 괜히 가슴 설레긴 한데. 우리랑 다른 거 아닌가?"

"맞아. 우리가 과외하고 학원 세울 순 없잖아."

"그렇지. 우리가 그걸 어떻게 해."

웃기는 소리.

"할 수 있어요. 난 최소 30%까진 가져갈 수 있다고 믿는데. 여러분은 아니십니까?"

"30%면 300억?"

"옴마야, 그럼 우리도 3배나 더 벌 수 있다는 거 아녀?"

"그게 가능한 겨?"

"그걸 가능하게 하려고 이 자리를 마련한 게 아니겠습니까? 생돈 1억이나 쓰며. 이 좋은 시간에 막걸리에 머리 고기가 아니라 이 좁은 비닐하우스에 다리 맞대며 앉아 있는 거고요. 근데 이게 가능하다면 저를 좀 명의로 봐 주실 겁니까?"

"아유, 그렇게만 해 준다면 당연히 명의지."

"맞어. 사실 잘 믿어지진 않는데. 3배가 되면 명의가 아니라 신의지. 신의."

"그려, 신의네. 신의. 되기만 하면 무조건 신의여."

게임 셋.

술과 안주, 한때의 즐거움만 가득 차 있던 눈들에 다른 게 들어찬다.

의도대로 흘러가고 있었다.

물론 그렇다고 이들이 바보라는 건 아니었다. 내가 잘한 것도 있지만 그만큼 의욕이 크기 때문이었다.

들을 의욕이 있다면 컨설팅은 90% 이상 성공.

막 보따리를 풀려는데.

마구니가 끼어들었다.

문이 열리며 십수 명의 사람들이 쏟아져 들어와 판을 흐렸다.

"여기서 뭐하는 거야? 나가자고. 지금 술이 널렸는데 뭐 하고들 있어?"

"한잔하자고. 쟤는 또 뭐야? 왜 어린 애를 저기에 세워 두고 있어? 노래자랑이야?"

"뭐 해? 한잔 더 하자니까. 하하하하하, 오늘 기분 좋다. 꺼억, 취한다."

마시려면 자기들끼리 놀지 왜 들어와서 훼방일까.

겨우 다 잡아 놓은 분위기를 해칠까 화가 올라왔다. 그런데,

"야! 나가. 지금 중요한 얘기하는데 어디서 술주정이야."

"맞아. 빨리 나가 이 새끼들아. 지금 세상이 어떻게 돌아가는데 술 처먹게 생겼어?! 앙!"

"이것들이 우리가 지금 어떤 상황인지도 모르고. 에잉, 천

덕꾸러기 같은 놈들."

"쟤들 좀 내보내. 어느 동네에서 온 놈들이야?"

"술 마시려면 너희 동네나 가서 마셔라. 지금 우덜이 술 마실 기분 아니다."

소장들이 나서서 그들을 뭉개고 분위기를 만들었다. 들어왔던 사람들은 쫓겨나거나 덩달아 잡혀 앉혀졌고 뭐라 주정을 떠들라 셈 치면 주변이 그 입을 막아 버렸다. 닥치라고. 그런 다음에서야 이제 방해꾼은 사라졌으니 어서 얘기해 보라는 눈빛을 보낸다.

기특한 사람들.

하나를 가르쳐 줬더니 둘은 해 준다.

아주 좋은 자세였다. 이러면 또 우린 신이 나 준비하지 않은 것까지 꺼낸다.

"앞서 일일학습이 망한다고 했습니다. 정확히는 여러분이 망한다고 했죠. 왜일까요? 왜 본사는 명맥을 유지하고 여러분은 자기 밥벌이를 잃어버릴까요? 사실 이것도 아주 쉬운 문제입니다. 원인은 여러분들을 이끌고 있는 본사에 아주 커다란 문제가 있기 때문이죠."

"뭐여? 본사에 문제가 있다고?"

"본사에 문제가 있어서 우리가 망한다는 거야?"

"씨벌, 이것들이 일을 발로 하냐. 어떻게 지랄을 해 대길래 망한다는 소릴 들어."

"아, 졸라 답답하네. 좀 속 시원하게 얘기해 줬으면 좋겠구만."

다른 때보다 훨씬 더 웅성댐이 커졌다.

휘발유를 부어 줬다.

"현재 일일학습엔 세 가지의 치명적인 문제점이 있습니다."

"워메, 한 가지도 아니고 세 가지래."

"진짜 망하는 겨?"

"아이고, 우짭니꺼? 세 가지나 된다는데."

"우짜긴 뭘 우짜. 해결책이 있으니까 여기까지 나온 거 아녀."

"그런가?"

"맞어. 아까 IQ가 190이랬잖여. 천재니까 뭔가 수단이 있
것지."

"다들 조용히 좀 혀 봐. 아직 얘기 안 끝났잖여."

"조용히 좀 합시다. 얘기를 더 들어 봐야지 않겠어요?"

사람 많은 곳에 웅성댐이 없을 수가 없었다. 더구나 술도
한잔 들어갔겠다 가지 많은 나무에 바람 잘 날 없듯 지금도
그랬다.

다 봐줬다간 날이 새도 끝나지 않을 테고.

그래서 이제부턴 기다려 주지 않을 작정이었다.

준비한 걸 진행시켰다.

"첫째, 전문성의 결여입니다."

"전문성?"

"전문성이 뭐여?"

"뭐긴 뭐야. 전문적인 게 전문성이지."

"전문성이라 했습니다. 여기에서 하나 질문이 들어갑니다. 여러분은 여러분의 고객이 누군지 정확히 아십니까?"

"그걸 왜 몰라. 애들 아녀. 쪼매난 애들부터 국민학생까지."

"맞어. 걔들을 위한 학습지니께."

어떻게 예상에서 하나도 벗어나지 못하냐.

"아니죠. 아이들은 사용자일 뿐이죠. 고객이 아닙니다. 여기서 고객이란 우리 제품을 사기 위해 기꺼이 지갑을 여는 사람들을 뜻합니다. 그럼 누구일까요?"

"지갑을 연다면 부모들?"

"오오, 그러네. 부모가 안 사 주면 애들도 못하지."

"맞습니다. 부모들이죠. 그 부모들이 가진 상승 욕구가 아이들의 손에 학습지를 전해 주게 되는 것이죠. 묻겠습니다. 여기에서 아이가 직접 와서 자기가 돈 낼 테니까 학습지 신청하는 걸 본 소장님 계십니까?"

당연히 한 명도 없었다.

그제야 이들도 자기 고객이 누군지 명확히 인식했다.

이제 찰진 비유 들어간다 잘 들어라.

"아무리 쇳덩이가 좋아도 고기를 오래 구우면 갈아 줘야 하죠. 고깃집에서 불판 가는 건 익숙한 일이 아닙니까? 일일학습도 똑같은 얘기입니다. 60년대부터 답습한 영업력으로는 앞으로의 시장을 절대 선도할 수 없습니다. 아니, 딱 까놓고 따져 보십시오. 60년대랑 지금 80년대랑 비교가 가능합니까?"

"아아~ 그러네."

"그려, 맞어. 절대 불가능하지. 그때에 비하면 지금은 천국
이여."

"그때는 배만 안 곯아도 잘 사는 거였는데."

"정말 배고팠어."

고개를 끄덕이다 옛 생각이 나는지 눈시울을 붉히는 이들
도 있었다. 한국 전쟁 이후 망가진 국토에서 우리 민족은 하
나같이 배를 곯아야 했다.

"아까 우리나라 사교육 시장이 1천억이라 말씀드렸습니
다. 그럼 반대로 30년 뒤인 2010년에는 얼마가 될까요? 6·25
전쟁 이후 고작 20년 만에 한강의 기적을 일궈 내고 올림픽까
지 따낸 우리 민족이 말이죠."

"그야……."

"……."

"……."

"……."

아무도 말을 못 했다.

당연했다. 한 번도 생각해 본 적 없을 테니까.

"제 추산입니다만 아마도 2010년이 되면 우리나라 사교육
시장은 15조에서 20조까지 성장할 겁니다."

"뭐?! 2, 20조?"

"워메."

"흐아……."

"지금 뭐라 한 겨?"

"몰라. 나도 내가 무슨 소릴 들은 건지 모르겠구먼."

1983년 1년 국가 예산이 10조 원 정도였다. 이 중 3조가 국방비이고 10년 후인 1993년엔 38조 원, 국방비 9조 원이 된다. 2010년엔 300조에 국방비 30조가 된다.

일반인이 접근하기 힘든 영역이긴 했다.

"계산상 사교육 시장은 한 해 15%에서 20%씩 성장할 겁니다. 지금은 1980년에 시행된 7.30 교육 개혁 조치에 따라 과외부터 학원이 위축됐다지만 우리나라 부모들의 교육열이 그렇다고 멈추겠습니까? 이 조치가 계속 유지될 리가 없죠. 세상이 이렇게 돌아가고 있는데 우리는 우리의 고객조차 제대로 판별하지 못하고 있습니다. 망할 이유로 충분하지 않나요?"

"……."

"……."

"……."

"망할 이유는 또 있습니다. 내놓는 제품의 질이 떨어져요. 산수는 벌써 공물수학에 밀리고 영어요? 우리나라에서 지금 영어를 다루는 학습지는 능률영어밖에 없습니다. 고객이 누군지도 모르니 고객의 니즈 즉 필요한 부분을 캐치 못 하는 거죠. 당연히 좋은 제품도 못 만드는 겁니다. 정확히 얘기해

191

재탕해서 쓰느라 너무 바빠 개발을 안 한다는 게 맞겠죠. 이러니까 구독자가 몇 달 못 버티는 겁니다. 점점 안 좋은 소문이 퍼지고요. 해 봤자 소용없으니까요. 실제로 별로잖아요."

"……."

"……."

"……."

"제가 지금 없는 말 하는 겁니까? 다 아시잖아요. 근데 왜 자꾸 이러는 걸까요? 왜 우리가 그런 평가를 받아야 하는 걸까요? 당연합니다. 본사가 멍청해서죠. 지금 자기가 하는 사업이 뭔지조차 제대로 인식 못 하고 있으니까요."

김영현 사장을 가리켰다.

또 모든 시선이 꽂혔다.

체념한 표정이 나왔다.

"매년 가파르게 성장하던 일일학습의 상승세가 어느 순간 주춤했을 겁니다. 징조는 여러 군데서 이미 나타났죠. 그런데도 변할 생각이 없네요. 바꿀 생각조차 없어요. 1억 원이 아까우세요? 지금 사느냐 죽느냐가 걸렸는데?"

"……."

"1980년에 능률영어가 창립됐습니다. 이 회사가 지금 줄기차게 하는 일이 뭔지 아십니까? 외국의 교구를 연구하여 미취학 아동 전문 학습지를 만들려 하고 있어요. 과외방에서 출발한 공물수학은 어떻습니까? 지금이라도 알아보십시오. 새롭게 판을 뒤엎으려 준비 중입니다. 출판업인 웅신학습은요?
이들이 어떤 식으로 움직이고 있는지 사장님은 아십니까?"

능률영어는 유아 전문 학습지 아이챌린저를 만든 회사이
고 웅신학습은 1986년에 웅신 아이큐라는 학습지를 내놓는
다. 이게 훗날 웅신 씽크빅이 된다. 공물수학은 로열티 문제
로 구문수학과 단절하고 대곤를 창립, 눈높이로 학습지 업계
자체를 재편시켜 버리고 교완은 구문과 손잡고 빨간연필을
내놓는다.

일일학습?

어디에 있는지도 알 수 없었다. 60년대부터 80년대 중반까
지 독보적 일등을 달리던 학습지가 존재도 없이 사라지고 무
너지는데 걸린 시간은 단 3년이면 충분했으니.

"뼈대부터 바뀌어야 합니다. 다 쳐내고 다시 시작해야 합
니다. 나름 준비했다고는 하나 고객의 눈은 시시각각으로 변
하고 있어요. 나름으로는 절대 못 버터 냅니다. 20조 시장을
이대로 남에게 넘겨주실 생각이십니까? 1%만 먹어도 2천억
이에요. 10%면 2조. 가슴 뛰지 않으세요?"

"……"

"자, 이제 어떻게 하실 생각이십니까? 제 손을 잡겠습니까?
아니면 1억을 돌려받고 땡 치시겠습니까?"

모두가 보는 앞에서 손을 내밀었다.

그러나 김영현 사장은 기다려 줬음에도 머뭇대며 다가오

지 않았다.

결국 주변에서 욕지거리가 터져 나왔다.

"뭐 하노! 얼른 안 잡고."

"위메. 답답한 거. 왜 안 잡어? 왜 안 잡냐고?! 씨벌, 이거지는 안 망한다 이거여?"

"이런 개씨불, 본사가 이런 거였어?"

"빨리 좀 잡아라. 허파 뒤집힐라 칸다."

항의가 점점 거세지자 곁에 있던 정태식 부장이 그의 팔을 붙들었다.

"사장님."

"……."

그래도 요지부동.

안 되겠다 싶은지 정태식 부장이 김영현 사장을 이끌어 내 손을 잡게 했다. 김영현 사장은 못 이기는 척 잡았고.

그 얼굴에 들릴 듯 말 듯 '등신'이라고 날려 줬다.

눈썹이 꿈틀대는 걸 보니 들은 모양.

하지만 배 떠나간 지 오래.

"자, 박수 좀 쳐 주십시오. 놀라서 이런 거 아닙니까. 오죽했으면 부축받아서 왔겠어요. 너무 욕하지 마세요. 다 잘해 보려고 이런 자리도 만들고 했지 않습니까. 위로의 박수 좀 쳐 주세요."

내가 먼저 박수 쳤다.

"그랬어? 놀라서 다리가 잘 안 움직여서 그런 거?"

"으음, 놀래면 그럴 수도 있지."

"뭐 그런가? 하긴 망한다는데 사장이 안 놀래면 더 이상하지. 일단 우리도 박수 치자. 다들 치잖아."

짝짝짝짝짝짝

짝짝짝짝짝짝

박수 세례가 끝도 없이 이어지자 오른손을 들어 올렸다.

그 순간 참새 짹짹처럼 모두 합죽이가 되었다.

재밌었지만.

이제부터는 나도 조금은 더 진지해져야 했다.

"지금부터는 대외비입니다. 일급비밀이죠. 일이 성사되기 전까진 여기 계신 분만 알고 계셔야 합니다. 며느리도 몰라야 해요. 약속해 주실 수 있으십니까? 이거 1억짜리에요."

"그거야……. 그러네. 남이 알면 안 되겠네. 약속하겠소."

"내도 약속합니다."

"나도 약속할 거랑께요."

"약속할게유."

다들 진심으로 약속한다지만 얼마나 갈까.

이래서 김영현 사장이 실수했다는 것이다.

몇 명만 알아도 불안한 게 기업 비밀이라는 건데 근 백 명

앞에서 까발리라고 하다니.

역시 등신이었다. 생등신.

"이제 시작합니다. 귀 딱 열고 똑똑히 들어 주세요."

"여러분은 먼저 일일학습의 치명적인 문제점으로 전문성이 결여됐다는 말씀을 들었습니다. 고객을 모르니까 고객을 관찰하지 않고 고객을 관찰하지 않으니까 고객이 현재 가장 절실히 필요로 한 게 뭔지 모른다는 거죠. 자, 여러분은 왜 국민학교 고학년으로 갈수록 일일학습의 구독율이 떨어질까 생각해 보셨습니까?"

"……."

"……."

이제는 기다리지 않았다.

"이유는 간단합니다. 부모들이 문제를 볼 줄 모르니까요. 설사 같이 풀어 줄 수 있다 해도 너무 어려워졌죠. 우리 때는 이런 거 없었는데 하고 말이죠. 아빠한테 가 봐라. 엄마한테 가 봐라. 서로 미루기만 하고 애들은 가운데 껴서 힘들죠. 점점 하기 싫어지고 배달되는 일일학습은 안 본 신문처럼 계속 쌓입니다. 더 하기 싫어지죠. 그걸 본 부모는 결국 아이를 학원에 보냅니다. 학원엔 누가 있죠?"

"……선생님?"

"맞아요. 학원에는 학원 선생님이 있죠. 같이 문제도 풀어 주고 문제에 관한 한 학교 선생님보다 더한 도사들이죠. 이래서 값은 몇 배 비싸도 어쩔 수 없이 학원에 보낼 수밖에 없는 겁니다. 우리 아이는 공부 열심히 해서 자기처럼 험한 일을 하지 않았으면 좋겠으니까요."

"그 말이 맞어. 내가 쎄가 빠지게 일하는 것도 다 그 때문이여. 내 새끼 잘 되라고."

"하모. 맞습니더. 내도 그렇습니더. 내 새끼만은 이런 고생 안 하고 회사 책상머리에 앉아 와이셔츠 입고 있었으면 좋겠 습니더."

"형씨도 그러요? 다들 똑같구먼."

"맞습니다. 자녀를 사랑하는 거의 모든 부모님이 다 이런 마음일 겁니다. 그런데 일일학습은 뭐죠? 뭘 하고 있죠? 그 부모들을 무엇으로 설득하고 있죠? 문제집만 딱 던져 주면 끝입니까? 지금은 문제집이 없는 시절도 아니에요. 동네 서 점가면 널린 게 문제집이에요. 자, 이제 내가 왜 일일학습을 구독해야 하죠?"

"……."

"……."

"……."

"……."

천근 바위가 심장을 눌러대는 듯 무거운 침묵이 흘렀다.

영업소가 망한다는 얘기와 중첩되며 소장들은 자기 가슴 을 두드렸다.

객관적으로 봐도 일일학습을 살 이유가 없었다. 어떤 사람은 복장 터지겠는지 소주를 맥주잔에 부어 단숨에 비웠다.

하지만 누구도 나에게 무례를 범하지 않았다.

"여기에서 두 번째 치명적인 문제가 대두됩니다. 바로 브랜딩이죠."

"브랜딩?"

"이미지화를 말하죠. 상표 같은 것이죠. 자, 여러분은 소주 하면 어떤 그림이 생각나나요?"

"두꺼비?"

"뚱땡이?"

지역별 소주가 다 나온다.

호응 죽인다.

"그럼 일본의 소니는요?"

"카세트?"

"그럼 코카콜라는요?"

"으음…… 세계 1등?"

"우와~ 다들 잘 아시네요. 제가 지금 말한 것들은 다 1등 브랜드입니다. 그럼 이제 묻겠습니다. 대한민국 학습지 1등 인 일일학습 하면 뭐가 떠오르죠?"

"그야……."

"으으음……."

"……."

"……."

"……."

잠시나마 적극적으로 고민하던 사람들의 표정에도 어느새 체념이 쌓여 갔다.

아무것도 없는 것이다.

문제지 쪼가리로 무엇을 어떻게 자랑을 할 것이며 무엇으로 일일학습을 각인시킬까.

"제품에 컨셉도 없고 지향하는 바도 없고 고민도 없고 개발도 없고 재탕하기 바쁘다는 제 말씀을 이제 이해하십니까?"

끄덕끄덕.

"우리끼리 말만 교육 기업이라 하면 교육 기업이 됩니까? 아니, 교육 기업에 대한 개념은 갖추고 있습니까? 일일학습은 도대체 무엇을 추구하는 건가요? 여러분은 이 질문에 자신 있게 대답할 수 있겠습니까?"

도리도리.

"이게 브랜딩입니다. 세계 초일류 기업들이 너도나도 진행하는 작업들이죠. 저는 이 브랜딩을 일일학습에 입힐 생각입니다."

어떻게?

"여기에서 또 세 번째 치명적인 문제가 대두됩니다. 브랜딩에 제품을 갖추기 위해선 그에 걸맞은 철학이 필요하죠. 저는 이것을 비전이라 부릅니다. 청사진 말이죠."

"……."

"……."

"……."

"쉽게 말해 비전은 꿈입니다. 현실화 가능한 꿈. 코흘리개 꼬맹이가 마구 던지는 꿈이 아닌 미래를 보고 또 그것을 적극적으로 읽으며 사회에 던지는 기업의 외침이죠. 비전이 있어야 시장을 선도하는 제품이 나올 수 있고 그에 걸맞은 브랜딩이 가능해집니다. 또 물어보겠습니다. 여러분은 일일학습이 어떤 꿈을 꾸고 있는지 알고 계십니까?"

도리도리.

"당연하겠죠. 사장조차 꿈꾸고 있지 않은데 여러분들이 어떻게 꿈을 꾸겠습니까? 이건 순전히 오너의 자질 문제입니다. 옛날부터 우리 인간은 부족장의 자질에 따라 부족의 운명이 갈리는 걸 봐왔고 왕의 자질에 따라 왕국의 운명이 갈리는 것도 봤습니다. 기업이라고 다를까요? 나라라고 다를까요? 하지만 여기에서 그 문제를 사장님께 따로 묻고 싶진 않습니다. 왜냐하면 제가 그 꿈을 대신 꿔 줄 생각이니까요. 그 때문에 돈 받았으니까요. 자, 여러분은 제가 꿈을 꿀 수 있게 허락해 주시겠습니까?"

"옴마야, 우째 저리도 말을 잘할꼬."

"꾸시오. 냉큼 꾸시오!"

"당연히 꿔야제."

"허락이 뭐꼬. 얼마든지 꾸소."

"그 꿈, 빨랑 듣고 싶어 죽겠소. 얼른 좀 말해 주시오."

몇몇을 시작으로 대부분의 소장이 내 꿈을 지지했다.

나는 허리를 숙여 그들의 지지에 호응해 줬고 내가 꾼 꿈을
밝혔다.

"제 꿈은 일일학습이 대한민국 100대 기업에 들어가는 것
입니다. 저 껌 파는 롯네와 TV 파는 오성과 세탁기, 냉장고
파는 럭키금상과 어깨를 나란히 하는 기업으로 말이죠. 어떻
게 가능할 것 같습니까?"

"워메, 오, 오성이라고라?"

"우리가 저 롯네랑 같이 선다고?"

"내 막…… 이젠 심장이 막 아플라 칸다."

웅성웅성

중간중간 말도 안 된다며 피식 웃는 사람들도 있었으나 많
은 사람이 설레하였다. 할 수 있다면 우리도 하고 싶다고.

"자, 이제부터 제 꿈을 이루기 위해 세운 계획을 여러분께
말씀드리겠습니다."

"다들 조용혀 봐. 시작한다잖어."

"쉿."

"조용해."

소란은 단숨에 정리되었고 소장들은 초롱초롱한 눈빛으로
나를 대했다.

"우선 브랜딩부터 시작할 생각입니다. 당연히 이름부터 지어야겠죠? 일일학습은 하나의 제품일 뿐이고 이것이 여러분을 대표할 수 없는 걸 아셨으니 제가 따로 하나 생각해봤습니다. 일단 무엇이든 큰 게 좋으니까 큰 대(大)를 쓰고 일일학습에 일(日)을 붙여 '대일'이라고 넣어 봤습니다. 대일교육. 어떤가요? 어째 좀 교육 기업 같습니까?"

"대일교육?"

"옴마, 그러네. 일일학습보단 훨씬 커 보이네."

"오오, 나도 훨씬 좋은 것 같은데."

"맞어. 일일학습보단 훨씬 나아."

찬동한다.

하지만 이건 함정이었다.

"그러나 아쉽게도 이 이름은 쓸 수가 없습니다."

"와 그러요?"

"좋은데 왜?"

"왜 못 쓰는 거지?"

"놔둬 봐. 이유가 있겠지."

"못 쓰는 이유는 간단합니다. 요새 매국노들 때려잡는데 대일(大日)이라뇨. 마치 일본을 찬양하는 것 같잖아요. 이걸 썼다간 국민에게 찍혀나갈 겁니다."

"워메, 나 지금 겁나 놀랬부렀어."

"그러네. 이거 쓰면 안 되겠네."

"썼다간 다 돼지는 거. 하하하하하하."

다들 웃었다.

"그래서 다른 이름으로 대현(大賢)이라 지어 봤습니다. 공교롭게도 창립자이신 김영현 사장님의 '현'에 어질고 지혜롭다는 뜻이 있더군요. 큰 지혜를 가르치는 기업. 대현교육은 어떻습니까?"

"대현교육? 이것도 좋은디?"

"내도 이게 더 좋은 것 같다."

"내도 마음에 든다."

소장들 사이에서 김영현 사장도 입꼬리가 씰룩댔다.

좋은 모양.

"물론 이건 제 꿈일 뿐입니다. 결정은 우리 사장님이 하시겠죠. 어쨌든 이렇게 이름이 정해졌다면 다음엔 대한민국 1등 교육 기업으로서 자기 정체성을 국민께 알려야겠죠. 이걸 캐치프레이즈 혹은 표방이라고 하는데 저는 이렇게 정해 봤습니다. '21세기를 여는 주인공은 바로 우리의 아이들입니다.'라고요."

"……."

"……."

"……."

"유아, 국민학교 전문 교육 기업으로서 깃발을 내건 대현교육이 대한민국 교육산업에 지대한 공헌을 하고 있음을 알리는 거죠. 이쯤 되면 국민도 우리에게 어떤 제품이 있는지 궁금해지지 않을까요?"

끄덕끄덕.

내 눈짓에 조형만이 차트를 넘겼다.

거기엔 이런 단어가 적혀 있었다.

【선행학습 + 개인별 능력 성장】

"이게 무슨 얘긴지 궁금하실 겁니다. 어렵지 않습니다. 말 그대로 미리 공부시킬 거고 그것도 개인차를 둬서 가르치겠다는 거죠."

"예습한다는 거여?"

"맞습니다. 다만 내일 배울 것이 아닌 내년에 배울 것을 미리 공부하는 겁니다."

"한 학년을 먼저 한다는 거야?"

"그렇게 할 수도 있어?"

"생각해 보십시오. 아무리 공부를 안 한다 해도 한 번은 본 것들입니다. 다음 해에 선생님이 또 가르칠 거고요. 이러면 공부가 쉽겠습니까? 어렵겠습니까? 공부에 자신이 붙겠습니까? 자신감이 사라지겠습니까?"

"그러네. 한 번 공부한 거 또 배우는데도 못 허면 그건 공부 쪽으론 아니지."

"맞어. 내가 왜 이 생각을 못 했지?"

"이야~ 쥑이네. 그렇게 공부하면 성적이 떨어질 리가 없잖아."

"자, 잠깐!"

김영현 사장이 손을 들었다.

"네, 말씀하십시오."

"우리도 미리 배울 수 있어. 고학년 꺼 신청하면 되잖아. 우리도 학년 과정에 충실하다고."

아유, 끝까지 못났다.

"그래서요. 그걸 누가 압니까? 말을 안 해 줬잖아요. 여기 계신 소장님들은 애가 3학년이라고 하면 3학년 걸 권해 줬겠죠. 아닌가요?"

"맞어. 나는 꼭 학년에 맞춰 줘야 하는 줄 알았당께."

"옴마야, 몇 달 전에 2학년인데 3학년 꺼 달라는 집이 있었다."

"그려요?"

"신기하다 캤는데. 아이고, 이게 선행 학습이구나."

끄덕끄덕.

개념을 알겠다는 듯 거의 모두가 공감했다.

"하지만 이게 끝이 아니죠. 플러스로 개인별 능력 성장이 있어야 합니다. 아시겠지만 아이마다 실력 차는 1등부터 꼴등까지 나뉘죠. 어떤 아이에게는 너무 쉽고 또 어떤 아이는 너무 어렵습니다. 그런데 우린 이걸 학습지 하나로 해결 봐야 합니다."

"아아……."

"으음……."

"맞아. 그게 제일 어려워."

"그래서 반드시 필요한 부분이 바로 교육 지도사의 존재입니다."

"교육 지도사?"

"그게 뭐여?"

"가정에 방문해 아이들 학습을 도와주는 사람들이죠. 즉 선생님이 집에 찾아가는 겁니다. 우리 학습지를 공부하는 아이들에게로요."

입을 떡 벌린다.

모처럼 부정적인 눈빛이 많아졌다.

어떻게 그런 걸 할 수 있냐고 말이다.

"모집하십시오. 비교적 젊은 아주머니들로 한두 달 교육 과정을 거쳐 시작하면 됩니다. 당연히 학습지 구독료는 상승하겠죠. 그래도 학원 다니는 것보단 훨씬 쌀 거예요. 안 그래도 먹고 살기 바빠 아이들 교육에 소홀한 부모들이 선생님이 집까지 와서 봐준다는데 마다할까요? 가뜩이나 점점 어려워져 부담스러운 공부를요?"

얌전히 배달만 해 주던 학습지 업계에 천재지변이 일어난다.

1985년 도입된 선생님 방문 시스템은 가히 폭발적인 호응을 이끌어냈고 업계에 거대한 지각변동을 일으켰다.

일본 구문수학과 결별 후 수도권 지역에서나 겨우 싹을 틔우던 대곤이 이 시스템 하나로 업계 1위가 되는 파란을 일으킨 것.

나도 급소를 찔렀다.

"만일 선생님과 함께 하는 학습지의 이름이 '공부의 신'이라면? 교과 과정에 충실하면서도 논리력, 사고력에 지대한 영향을 미친다고 알려 준다면? 그것도 모자라 우리 아이 수준에 맞게 일대일로 공부를 가르쳐 준다면? 여러분은 그냥 노상 수학만 푸는 공물수학의 문을 두드리겠습니까? 아니면 대현교육의 '공부의 신'을 선택하겠습니까?"

"……!"

"!!!"

"워매……."

"……."

"비교 자체가 안 되겠죠. 여기에 영업소장님들이 지역 요소요소에 공부방을 열어 준다면? 그 비용을 본사에서 절반쯤 지원해 준다면? 부모들은 아이를 비싼 학원에 보낼까요? 더 비싼 과외를 할까요? 대현교육을 선택할까요?"

"자, 잠깐만. 그러면 일일학습은? 일일학습은 어떻게 되는데? 그건 없애는 거야?"

김영현 사장이었다.

"그걸 왜 없애요? 엄마들이 자기 아이 영재 만들고 싶어 얼마나 난리인데. 그리고 그냥 학습지만 보려는 사람들도 있어요."

"……."

"여기에서 제일 중요한 게 사장님의 선택이죠. 제가 시작한다면 유아부터 미취학 아동들이 볼만한 전집 세트를 만들거예요. 교구도 만들어서 학습지 구독자에겐 반값에 드릴 테고요. 단, 1년이면 1년, 2년이면 2년, 무조건 구독해야 하는 조건이 붙겠죠?"

"바, 반값? 그러면 손해잖아!"

"왜 손해에요? 권장 소비자가를 부풀리면 되잖아요. 반 깎아 줘도 10% 정도 남을 수 있게. 기어 다니는 유아의 두뇌 계발을 해 주겠다는데 교육용 비디오도 만들어 배포해 주는데 엄마들이 아까워할까요? 여기에서 더 아이들을 위한 캐릭터 산업에도 들어가면 금상첨화. 사장님은 이 시장이 얼마나 큰 줄 아세요? 캐릭터 하나만 잘 만들어도 몇천억 버는 건 일도 아닙니다."

"허어……."

"이게 끝입니까? 교육부가 지정한 교과 과정에 충실한 문제를 만들다 보면 자료가 쌓이잖아요. 이게 문제 은행이 됩니다. 그 자료를 고스란히 모아 발전시키면 학력 평가원을 만들 수도 있고요. 그러면 무엇이 가능해지는 줄 아십니까? 국가와 함께 매년 실시하는 자격증 시험을 주도 할 수 있어요."

한자 검정 능력 시험, 국어 능력 시험, 영어 능력 시험, 전국 모의고사 출제 자문 등등 할 만한 건 수도 없이 많았다.

"여기에서 끝입니까? 중등, 고등, 성인부로 영역을 넓히다 보면 학원 사업으로 진출할 수도 있잖아요. 교육 방송은요? 각종 자격증 시험부터 입시 학원, 이런 것들이 사교육에 얼마나 많은 비중을 차지하고 있는 줄 아세요? 잊지 마세요. 30년 뒤 사교육 시장이 얼마나 커지는지. 아니, 매년 성장하는 사교육 시장의 30%만 가져가도 이게 얼마입니까. 정신 좀 차리세요. 이래도 절 그따위 눈으로 보실 거예요? 사장님은요 절 만난 게 천운이세요. 제가 말한 것만 다해도 국민이 대현교육을 어떻게 생각할까요? 이게 브랜드입니다. 대현교육하면 엄지 척이라고요."

더 몰아댈 수 있었지만, 멈췄다.

원한 산 사람도 아니고 까부는 것도 귀여운 수준이라 참아준다. 나도 슬슬 피곤하기도 하고.

어차피 본인이 다 선택할 문제였다.

내 역할은 여기까지.

하지만 이것 하나만큼은 꼭 말해 주고 싶었다.

"먼저 시작한 놈이 업계 표준이 됩니다. 부디 기회를 놓치지 마세요."

물론 이것도 지나치지 않았다.

"자, 여러분, 여러분은 이제 제가 어떻게 보이십니까? 지금도 돌팔이로 보이십니까? 아니면 명의로 보이십니까?"

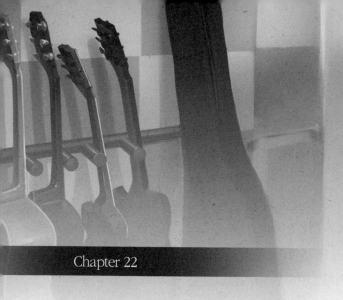

Chapter 22

"으음, 이런 내용이란 말이지?"

타케카와 유키히데(タケカワユキヒデ)는 모처럼 들어온 작곡 의뢰에 관자놀이를 짚었다.

우리나라엔 그다지 잘 알려지지 않았지만 타케카와 유키히데는 70년대 후반부터 80년대 초까지 일본에서 일세를 풍미한 밴드 고다이고의 멤버였다.

몽환적인 음악을 주로 한, 인기도 홍백가합전에 출연할 정도로 높았는데 드라마와 영화 OST도 곧잘 했다.

대표작으로는 드라마 서유기의 오프닝 Monkey Magic과 엔딩곡 간다라가 있었고 은하철도 999의 극장판 엔딩

곡도 120만 장 판매고라는 대히트를 기록했다. 그 외로는 Beautiful Name이란 곡으로 유니세프 활동도 했다.

참고로 여기에서 Monkey Magic은 2000년대 초반 퓨전 트로트로 이름을 날린 이박사의 원곡이었다.

타케카와 유키히데가 타 밴드 출신에 비해 번외 활동이 많은 이유는 본인이 보컬 겸 작곡가로 능력자이기도 했지만 그스스로도 일본만화가협회에 정식 멤버로 소속된 만화가이기도 했기 때문이었다.

한마디로 재능충.

모스피다의 OST도 원래 이 남자의 곡이었다.

"스토리가 좀 암울한데. 황량함이 느껴지고. 까다롭겠어. 마크로스랑도 결이 다르네. 기갑창세기 모스피다라 언제 이런 게 만들어졌지?"

"뭐 해?"

한창 멜로디 라인을 짜고 있는데 문이 벌컥 열리며 누군가 들어왔다.

같은 고다이고 멤버이자 잘생긴 베이스인 외국인 스티브 폭스였다.

"으응? 스티브 왔어?"

"작곡하는 거야? 어! 의뢰가 들어왔네. 기갑창세기 모스피다? 오오, 이건 네가 좋아하는 만화류잖아."

"응, 10월에 이미 편성이 잡혔어. 급하게 들어온 거야."

"잘 돼?"

"어렵네. 예민한 내용이기도 하고. 암울을 살릴 건지 아님, 힘차게 헤쳐 나갈 건지 아직 컨셉을 정하지 못했어."

"머리 아프겠네."

"아프지."

"그러면 잠시 이거나 들으며 쉴까? 이번에 소니 뮤직에서 새로 나온 음반인데. 도치로 사장님한테 추천받았어. 가격은 3500엔으로 조금 비싼데 곡이 다 좋다나 뭐라나."

"3500엔? 해외판이야?"

"들어 보자고."

단골 레코드 가게 사장인 도치로 씨의 추천은 믿을 만했다.

그의 안목이 워낙 까다로운 것도 있고.. 사실 웬만한 평론가 정도는 따귀를 후릴 만큼 음악에 관한 조예가 깊었다.

그의 추천을 거절할 두 사람이 아닌지라 반색한 타케카와 유키히데는 LP를 꺼내 턴테이블에 올렸다.

잠시 지지직 하는 노이즈와 함께 1번 트랙의 인트로가 시작되는데.

타케카와 유키히데는 순간 숨이 멎는 줄 알았다. 밴드였다. 가히 엄청난 사운드.

게다가 이 곡은 스케치하고 있던 기갑창세기 모스피다의 OST 냄새가 났다.

어어! 하는 사이 2번 트랙으로 넘어갔고 다시 5분간 이어지는 시티팝의 멜로디에 다케카와 유키히데는 자신도 모르게 분위기에 젖어 들었다. 근 10분에 달하는 시간이 순삭.

뭐라도 한마디 하려는 순간 Take My Breath Away의 인트로가 심장을 둥둥둥 울렸고 입을 떡 벌린 채 곡이 전하는 판타지에 몰입했다. 그것뿐인가. 4번, 5번, 6번을 넘어가며 다케카와 유키히데는 이제껏 구축해 왔던 세계관이 함몰되는 경험을 했다.

어떻게 이런 앨범이 있을 수 있지?

결국 10번 트랙까지 다 듣고 나서야 긴 한숨을 토해 냈고 스티브 폭스의 두 팔을 부여잡았다.

"이거 뭐야? 이거 어디서 났어?"

하지만 놀란 건 스티브 폭스도 마찬가지였다.

"나도 몰라. 새로 나온 음반이 없나 레코드 가게에 들렀는데 최상단에 꽂혀 있었어. 사장님이 엄지를 치켜세우는 바람에 한 장 사온 거야. 너랑 같이 들으려고. 나도 이 정도일 줄은 정말 몰랐다고."

다케카와 유키히데는 사고 회로가 정지되는 느낌을 받았다.

뭐라도 알아보고 싶은데 알 도리가……!

"그거 어딨어?"

"뭐?"

"표지. 표지 말이야. 음반 표지!"

"아! 여, 여기."

건네주는 표지엔 'FATE first album : beginning'이라고 적혀 있었다.

"페이트?"

미국인인가?

처음 들어보는 이름이었다.

서둘러 뒤편을 보았다.

"가만! 이거 다 페이트가 작사 작곡한 거야?"

"뭐라고?! 설마……"

믿을 수 없다는 듯 스티브 폭스도 보았지만.

뒷면에 적힌 곡 안내서엔 열 곡 모두 FATE가 박혀 있었다. 가수들은 누군지도 모르게 이니셜만 적혀 있고.

도대체 어디에서 뚝 떨어진 앨범인지 타케카와 유키히데와 스티브 폭스는 한동안 아무 말도 할 수 없었다.

하지만 이는 단지 이들 만의 문제가 아니었다.

듣는 귀는 누구나 같았다.

일본 전역에 있는 레코드 가게마다 사장의 추천 앨범으로 선정됐고 거리에 흘러나왔다. 호기심에 FATE 앨범을 산 모두가 당혹했고 아주 빠른 속도로 입소문을 타기 시작했다.

"사야겠어. 이런 앨범을 소장하지 않으면 어떻게 음악가라 할 수 있겠어."

"나도 또 살 거야."

"넌 샀잖아."

"더 사야지. 이런 명품을 어떻게 한 장만 가질 수 있어? 최소한 열 장은 가져야지."

"난 스무 장이다. 스티브."

고다이고도 페이트 러쉬에 동참했다.

◇ ◆ ◇

큰 산을 하나 넘은 기분이 들었다.

돈이 절실했고 일일학습에 득이 될 거라 확신하여 벌인 일이었는데 그 과정이 녹록지 않았다. 수많은 청중 앞에 설 일이 있을 줄은 더더욱 몰랐다.

다행히 호응을 이끌어 냈고 무사히 마쳤다지만 1시간 남짓, 쏟은 심력은 후유증이 나타날 만큼 과했다.

맥주 짝 단상을 내려올 때 나도 모르게 휘청했고 모두의 배웅을 받으며 차에 탈 때까지도 난 인사조차 나누지 못했다. 유원지가 멀어지며 몸이 물먹은 솜처럼 무거워지는데 지하 10m든 20m든 한없이 꺼질 것 같았다.

얼른 집으로 가길 원했고 도와준 조형만과 강희철을 챙겨주지도 못하고 방에 들어서자마자 엎어져 바로 잠을 쫓았다.

하루가 이렇게 끝났다.

할머니가 밥 먹고 자라고 깨우지 않았다면 다음 날까지도 잤을 것이다. 물론 밥 먹고 또 자긴 했는데. 하여튼 그럴 기세였으나 깨고 나니 잠자기 신기록이 깨진 것 같아 안타까웠다.

"슬슬 나갈까?"

새 아침이 밝았고 오늘이란 보람찬 하루를 위해 지군레코드
로 출발했다. 조형만은 어디 들렀다 온다고 했고 강희철과 함
께 들어서자 지군레코드 사장은 펄떡 뛰며 내 존재를 반겼다.

좋은 소식이 왔다.

"대운아!"

"예."

"대박이다!"

"네?"

"지금 소매상들이 난리다. 빨리 조용길 5집 내려보내라고."

"아…… 그래요?"

이게 무슨 얘길까?

잘 팔린다는 건 알겠는데 그게 이토록 호들갑 떨 일인가?

"너 모르지? 조용길 앨범 사 주기 운동이 벌어지고 있는 거."

"예?"

"5집을 4500원에 팔라고 3700원에 줬더니 3000원이 정가인
데 3500원도 아니고 갑자기 4500원에 누가 사냐고 비싸다고 지
랄들을 하더니 지금 1집부터 다시 내려보내라고 난리다. 서로
사겠다고. 없어서 못 판다고. 완전 대박 났어. 하하하하하하."

상대가 얼떨떨해하든 말든 그 큰 몸이 방방 뜬다.

돈 버는 게 그렇게 좋은가?

"그럼 생산부터 들어가야겠네요."

"그래, 공장장한테 24시간 내내 돌리라고 일러놨어. 1집에서 4집까지도 우리랑 계약해 줄 거지?"

"그럼요. 근데 어느 정도길래 이러시는 거예요?"

"몰라. 내 살다 살다 이렇게까지 바람 부는 건 처음이다. 이런 식이라면 1백만 장도 허튼 얘기가 아니야."

"1백만 장이요?!"

"대박 난 거지. 대운아, 네가 진짜 복덩이다. 하하하하하하하하."

지군레코드 사장은 너무도 통쾌하게 웃으며 공장으로 달려갔다. 아무래도 한 달간은 특별히 곁에서 지켜봐야 할 것 같다고. 불량 나면 큰일 난다며.

잘됐다.

안 그래도 슬슬 돈이 딸릴 시점이었는데.

"오필승 엔터테인먼트의 고질적인 재정 부실이 드디어 해소되는 건가?"

기뻤다.

"이거 감사 사인회라도 해야 하나? ……아닌가? 그거 잘못했다가 사고 나는 거 아냐?"

지군레코드 사장 말대로라면 족히 수만 명도 찾아올 것이다.

그 사람들을 다 어떻게 커버할까.

괜한 짓 하다가 좋은 분위기를 말아먹을 수는 없었다.

"그럼 차라리 활동 말기에 전국 감사 콘서트나 열까? 으음, 이것도 아닌가? 이건 원래 하려던 건가?"

콘서트야 일상이니까.

특별한 일인 만큼 특별한 이벤트가 뭐 있나 살피고 있는데 조형만이 들어왔다. 뒤에 한 사람이 더 있었다.

"어!"

이상훈 과장이었다. 일일학습의.

"이상훈 과장님이 여긴 웬일이세요?"

무슨 일이 벌어졌나 싶었다. 혹여나 김영현 사장이 꼬장을 부린다든가 말이다.

그런데 머뭇대는 폼이 어째 그것이랑은 달라 보였다.

이상훈 과장이 계속 입을 못 열고 버벅대자 조형만이 나섰다.

"저 총괄님."

"네."

"이상훈 과장이 우리 회사에 오고 싶다 캅니다."

"예?!"

이건 또 무슨 얘기?

"어제 그 컨설팅에 감명받았다고예. 우리 회사에 취직시켜 달라고 아침부터 찾아왔다 아입니꺼. 얘기는 들어 봤는데. 직접 보시는 게 나을 것 같아서 이리 데려왔습니더."

"이상훈 과장님이 우리 회사에 오고 싶다고요?"

"예, 본래 이런 거는 제 선에서 커트해야 하는데. 이상훈 과장이 평소 일도 잘하고 원만하고 성실해서 밀어내기 좀 아까워서예. 좀 머쓱하지만 데려왔심더. 잘 좀 봐 주이소."

쩔쩔매면서도 할 말 다하는 조형만이었다.

나야 뭐 대박도 터졌겠다 사람 하나 더 들인다고 문제 될 일은 없는데. 안 그래도 조형만을 서포트해 줄 사람이 필요하기도 했고.

물어봤다.

"우리 회사엔 왜 오고 싶은 거예요?"

"그게……."

쩔쩔 머뭇댄다.

"솔직하게 말씀해 보세요. 여기까지 와서 미련 남기실 거예요?"

"음…… 알겠습니다."

잠시 멈칫한 이상훈 과장은 결심했다는 듯 자기 얘기를 하였다.

"어제 컨설팅을 보고 심장이 떨려서 잠을 잘 수가 없었습니다. 이런 게 비전이었구나. 이런 게 기업을 운영하는 오너의 자질이구나. 지금까지 반복적으로 해 왔던 일이 너무도 의미 없게 느껴졌습니다. 물론 현재의 일도 중요하지만, 더 큰 세상에서 일하고 싶었습니다. 그래서 염치 불구하고 이렇게 찾아왔습니다. 써 주신다면 죽을힘을 다해 일하겠습니다."

절절했다.

그러나 그렇다고 냉큼 받아들이는 건 안 된다.

"으음, 각오는 알겠는데 김영현 사장은 알고 있…… 모르겠군요. 바로 이쪽으로 온 것 같으니."

"넵."

"근데 컨설팅대로만 한다면 일일학습도 비전이 크잖아요. 잠재력으로 따지면 일일학습이 우리보다 훨씬 더 클 거예요."

"그것도 있겠지만, 그 비전을 김영현 사장님이 만든 게 아니지 않습니까. 저는 이런 생각을 했습니다. 다른 회사의 비전도 이렇게 만들 수 있는 분이 자기 회사엔 어떨까? 솔직히 근무 환경도 이쪽이 훨씬 더 마음에 듭니다. 10년을 몸 바쳤지만, 저는 지금 오필승 엔터테인먼트의 초급 경리보다 못한 대우입니다."

조형만을 봤다. 어디서 회사 기밀을 떠들고 다니냐고.

죄송하다는 듯 고개 푹 숙인다.

다시 이상훈 과장에게 시선을 옮겼다.

어떻게 할까.

침을 꿀딱 삼키며 처분을 기다리는 그에게 따로 해 줄 말이 없었다. 지금 일생일대의 기로에 서 있다 하여도 우리 패밀리로 거두는 건 전혀 별개의 문제.

나로서도 아직 준비가 되지 않았다.

"알겠어요. 어떤 마음인지 알았으니 우선은 돌아가세요. 우리가 원해서 이 자리가 만들어진 게 아닌 건 아시죠? 아무래도 내부적으로 회의를 거쳐야 할 것 같네요. 나중에 결과를 알려 드릴게요."

"아……네."

실망하는 기색이 역력했다.

어쩔까?

안타깝다.

그렇다고 오는 대로 다 받아야 하나?

배웅하고 오는 조형만을 자리에 앉혔다.

"저 사람이 마음에 들어요?"

"저기 그게…… 지는 쓸 만하다 봤심더. 위에 부장이 있긴 한데 거의 혼자서 전국을 커버하던 사람이라. ……저기 총괄님이 보시기에는 아닙니꺼?"

이상훈 과장이 갔는데도 존대가 계속이다.

"기고 아니고 할 게 없잖아요. 일일학습에서 날렸다고 이 바닥에서도 날릴까요. 초짜잖아요."

"아~."

"그렇다고 영 아닌 건 아니에요. 절실해 보이긴 했으니까요. 바로 다음 날 찾아온 걸 보니 생각보다 행동력도 있고."

"맞심더. 아가 빠르면서도 또 원만합니더."

마음에 든다고 자꾸 어필하네.

"그럼 진지하게 물어볼게요. 저 사람을 조 실장님 사람으로 만들 수 있겠어요?"

"네? 제 사람으로예?"

총괄님 사람이 아니고예? 라고 묻는다.

"네, 조 실장님 사람으로요."

"그게…… 그 생각은 안 해 봤는데예."

"이제부터 생각해 보세요. 앞으로 사업 부문도 점점 커질 거예요. 손발 맞춰 줄 사람 없이 조 실장님 혼자선 힘들 거예요."

"근데 이래도 됩니꺼? 그냥 총괄님이 다……."

"조 실장님 사람이 제 사람이죠. 뭘 구분하세요?"

"아!"

"생각해 보시고 되겠다 싶으면 다시 말씀하시죠. 그때 이상훈 과장에 대해 고민해 보죠."

"알……겠습니더."

"그럼 오늘은 들어가세요."

"예? 벌써요? 지금 나왔는데요?"

"할 게 없잖아요."

"그래도 이건 아닙니더. 총괄님이랑 같이 있다가 들어갈 낍니더."

"그래요? 그럼 저랑 밥도 먹고 놀다 들어가시죠. 아참, 그러네. 말이 나온 김에 잘됐네. 만날 사람이 있어요."

바로 지군레코드 사장에게 전화를 넣었다.

잠시 시간 때우다 조형만, 강희철과 함께 그곳으로 향했다. 늘 가던 압구정의 가든으로.

안쪽 룸에 자리 잡고 상을 탁 차리자마자 지군레코드 사장이 들어왔다. 같이 오라던 사람과 함께.

일어나서 반겼다.

"어서 오세요. 심의 위원님."

"다시 뵙게 돼서 영광입니다. 총괄님."

얼른 90도로 허리를 꺾는 그를 보며 제일 먼저 반응한 건 의외로 강희철이었다.

"손찌검한 놈이 너야?!"

성큼 다가가 앞에 서자 심의 위원은 움찔하며 뒷걸음질 쳤다.

강희철은 이렇게 말했다.

"너 이 자식. 사과받아 줬다니까 이번만 넘어간다. 또 한 번 이런 일이 벌어졌다간 절대로 가만히 있지 않겠어. 알겠어?"

"아, 네넵."

"그게 무슨 소리고? 강 경사, 손찌검이라니?"

"조 실장님. 이 사람이 장 총괄의 머리를 때렸답니다."

"뭐라꼬?! 누가 누굴 때려?! 이 새뀌가 어디서 감히. 너 뭐야?! 이 새꺄!"

조형만까지 우악스럽게 다가가자 거의 울 것 같은 그를 두고 지군레코드 사장이 막아섰다.

"사과했다. 직접 와서 무릎 꿇고 잘못했다 빌었고 대운이가 용서해 줬다. 너희들도 그만해라."

"그래도 사장님. 이건 아니지 않습니꺼."

"안다. 알아. 그래도 너희 총괄이 끝난 일로 부쳤잖아. 그런

데도 계속 이러면 오히려 네가 네 총괄 얼굴에 먹칠하는 거야."

"으으음, 그건 더 안 되지예. 알겠심더. 물러나겠습니더."

불만은 있었지만, 조형만은 고분고분 뒤로 물러섰다.

어쨌든 안면은 익힌 모양.

"인사들 나누세요. 여기 이분은 오필승 엔터테인먼트 사업 부문 조형만 실장님이시고요. 이분은 강남서 강력계 강희철 경사님이세요. 제 경호를 맡고 계시고요."

"……아, 안녕하십니까. 공연 윤리 위원회 음반 심의 위원 황갑철입니다."

"……."

"……."

황갑철이 다시 허리를 숙이나 강희철과 조형만은 받아 줄 생각이 없는지 쳐다만 봤다.

확실히 업계 사람이 아니다 보니 황갑철이 어떤 존재인지 잘 모르는 모양이었다. 물론 굳이 일일이 알려 줄 생각은 없었다.

"제가 부른 거예요. 화해의 의미로. 그러니까 너무 날 세우지 마세요. 이미 신 비서님이 한 번 다녀가셨습니다."

"신 비서님이요?"

"……."

조형만은 놀라고 강희철은 입을 꾹 다물었다.

"그러니까 더 뭐라지 마시고 반겨 주세요. 여기에서 더 나가시면 제가 좀 민망해져요."

"알겠습니더. 그렇다면야 설레발은 안 해야지예. 강 경사, 강 경사도 앉아라."

"······알겠습니다."

"거기 황갑철 심의 위원도 앉으소. 상 다 차려놨는데 버립니까. 다 무야지."

"네, 넵."

겨우 자리에 앉긴 했으나 이보다 어색할 순 없었다.

남자 다섯에, 하나는 또 이전까지 적대하던 사람이라 분위기가 좋은 게 더 이상하겠지만, 더 놔뒀다간 부른 취지마저 흐려질 것 같아 나섰다.

"그동안 잘 지내셨어요?"

"부름만 기다리고 있었습니다."

꾸벅.

"일은 잘 처리하셨어요?"

"그날 들어가서 바로 해제하였습니다."

"'바로'가 가능하던가요?"

조직은 개인이 아니기에 한 번 도장 찍은 일을 무효화 하려면 꽤 높은 곳까지 허락을 받아야 했다.

"욕은 좀 먹긴 했는데 제 오해라고만 답했습니다. 국민 영웅 조용길 씨 곡도 들어 있는 앨범을 두고 잘못 판단한 것 같아 해제한다고요."

"그래서요?"

"대체로 이해하는 분위기였습니다. 지금 조용길 씨 곡을 판매 금지 내렸다는 소식이 들렸다간 저희로서도 감당하기 어렵거든요."

"결국 일 처리를 잘못한 게 아니라 하필 조용길의 곡을 건드렸다는 것이 명분이 돼 준 거네요."

"죄송합니다."

"죄송할 건 없어요. 그쪽이 원래 그런 곳인 줄 알고 있으니까. 그럼 앞으로는 어떻게 할 생각이세요?"

이것이었다.

그날 이 사람을 곱게 돌려보낸 이유.

생각해 볼 시간을 준 것이다. 앞으로 우리를 어떻게 대할 건지.

황갑철은 준 시간을 허투루 쓰지 않았는지 바로 답했다.

"오필승 엔터테인먼트에 관해선 제가 최우선으로 나서서 다른 위원들이 침범하지 못하게 막을 생각입니다. 혹시나 제 윗선에서 지시가 떨어진다 해도 최대한 막겠고 도저히 어쩔 수 없다면 상의드리겠습니다."

답변으론 아주 깔끔했다.

그래서 나도 걸맞은 답을 해 줬다.

"만족스럽네요. 이거 말씀대로라면 우리 황 심의 위원님이 되도록 오래 자리를 지킬 수 있도록 도와드려야겠네요. 아니에요? 사장님?"

"그렇춰. 오필승이 잘 뻗어 나가는 게 곧 우리 지군레코드
가 살길인데 당연히 보호해야겠어."

"좋게 봐 주셔서 감사드립니다."

내 답이 마음에 드는지 황송해 한다.

지군레코드 사장에게 말했다.

"필요한 게 없나 잘 좀 살펴야겠어요. 공연 윤리 위원회 내
입지도 탄탄하게 해 주고. 이왕이면 이분이 음반 관련 대표
심의 위원이 되는 게 좋겠는데. 어떠세요?"

"쓰읍, 솔직히 나는 거기까진 못 가. 개별 커버는 가능해도."

돈은 쓸 수 있되 그럴 만한 권력에는 줄이 닿지 않았다는
소리였다.

"그럼 이건 제가 처리할게요. 저기 황 심의 위원님."

"넵."

"우리 앞으로 잘 지내봐요."

"물론입니다. 충성을 다하겠습니다."

공연 윤리 위원회가 비록 1996년에 해체된다지만 완전히 없
어지는 게 아니었다. 영상물등급위원회로 새롭게 탈바꿈되고
설사 그것이 문제가 아니라 하더라도 아직 13년이나 남았다.

단 여섯 명이서 대한민국 음악계 좌지우지하는 권력은 절
대로 무시할 계제가 아니었으니.

황갑철이 제대로만 해 준다면 오필승 엔터테인먼트는 다
른 걱정 없이 음반만 열심히 만들면 되었다.

'권력에는 역시 권력인가?'

얻은 게 제법 많은 자리였다.

이쯤 되면 슬슬 보상할 타임이기도 하고.

눈짓에 조형만이 탁자 아래에서 1백만 원짜리 뭉치 열 개가 든 쇼핑백을 탁자에 턱 올려놓았다. 지군레코드 사장이 눈을 번쩍 떴고 이게 무슨 의미인지 단번에 캐치한 황갑철이 놀라 나를 바라보았다.

"용돈이에요. 가져다 쓰세요."

"이, 이 돈을 다 주시는 겁니까?"

"부족하세요?"

"아닙니다아닙니다. 너무 많습니다. 저, 전⋯⋯."

"많긴요. 겨우 용돈인데. 계속 이렇게 놔두실 생각인가요?"

"아닙니다아닙니다. 감사히 받겠습니다. 정말 감사드립니다."

먹일 때는 먹일 사람의 간보다 크게 먹인다.

이게 뇌물의 제1 법칙이다.

뇌물이 안 통하는 사람이 있다고?

웃기지 마라. 종류만 다를 뿐 누구나 가려운 곳은 있다.

황갑철은 돈이 가려운 것뿐이고 가려운 곳을 찾는 건 뇌물 주는 자의 성의였다.

고작 푼돈이나 챙기던 심장에 나라는 돈을 각인시켜 줬다. 내 손을 잡으면 어떤 일이 벌어지는지 말이다.

가쁜 숨을 부여잡는 황갑철을 두고 난 지군레코드 사장에게 말했다.

"슬슬 식사할까요?"

"그럴까?"

준비됐다는 듯 고기가 들어왔고 화기애애한 시간이 지나
갔다.

지군레코드 사장 특유의 친한 척 어깨 두드리기에 당하는
황갑철을 유심히 봤다. 지금의 황갑철은 당시 반말 찍찍하던
황갑철이 아니었다.

지군레코드 사장을 집안 어른을 대하듯 한껏 낮춰져 있었
다. 저 정도면 당분간은 배신할 생각조차 못 할 것이다.

권력과 돈.

그 둘 모두 이쪽에 있다고 믿는 이상 공연 윤리 위원장보다
높은 곳에 있는 사람이 나일 테니.

"자, 이제 퇴근할까요?"

황갑철은 지군레코드 사장과 함께 돌아갔고 남은 우리끼
리 달리할 것도 없어 퇴근이나 할까 마지막 확인차 사무실에
전화했다.

정은희가 재깍 받는다. 목소리가 은근 지적이다.

"저예요. 예예, 별일 없죠? 네? 아아, 동안제약에서 연락 왔
다고요? 만나자고요? 언제요? 내일이요? 으음…… 혹시 약
속 장소를 변경할 수 있을까요? 이게 보안을 요하는 일이라
회사로 오면 사람들 눈에 띄잖아요."

많이 줄어들었다 하나 회사 앞엔 아직도 피켓 든 사람들이 진을 치고 있었다. 국민 영웅 조용길 그림자 한 번 보려고.

사실 이렇게 전화할 수 있는 것도 엄청 좋아진 것이었다. 처음 며칠은 전화선을 빼놓아야 했으니까.

"그렇게 전해 주세요. 장소는 지군레코드로 하시고 오전 11시에 만나자고요. 일 보고 같이 점심 들면 되니까요. 저기 고문님에게도 전해 주세요. 내일 동안제약이 올 테니 양해 각서 준비해서 오시라면 돼요. 변동 사항이 있으면 집으로 전화 주세요. 네네, 수고하시고요."

이것도 잘 풀리는 것 같다.

요즘 왠지 일이 너무 많아진 감이 있었지만, 지금이 아니면 안 되는 일이기도 했고 잘 풀리기만 하면 최고가 아닌가.

기반을 단단히 다져 놔야 나중에 돈 걱정 안 하는 백수로 살지 않겠나.

"그래, 하루에 하나씩만 하자. 그것만 해도 1년에 365개나 해결하잖아. 이 정도면 호사지."

소싯적 마케팅 부서에서 일할 때 이런 적이 있었다.

사칙에 따라 직원은 일정 기간 순환 근무를 하게 돼 있었는데 나도 다른 부서로 이동되며 인수인계해야 할 적이 많았다.

그러다 4명한테 내 일을 쪼개 주는 나를 발견하게 되었다.

다른 이들은 간단하게 끝나고 나가던데 나는 인수인계해 주고도 한두 달은 더 지켜봐 줘야 했으니.

업무 소화 능력이 어느 누구 못지않다는 건 익히 알고 있었
지만.

그때 나도 나를 다시 보게 되었다.

'나 좀 하는구나.'

그러나 나도 다 받은 건 아닌 건지 부서를 옮기다 큰 단점
을 하나 발견하게 되었다.

무슨 일을 하든 쉬이 질리는 경향이 있다는 것.

갑자기 무슨 얘기냐면,

어떤 부서를 가도 업무 파악이 끝나는 순간 설렘을 잃고 지
겨워하였다. 내가 왜 이러나 싶으면서도 방법이 없었다.

재미가 없잖나. 답답하고 괴롭고.

그런 점에서 아무리 일이 많아도 많은 줄 몰랐던 마케팅 부
서가 나의 적성과 가까웠다. 숫자 놀음이 피곤해도 말이다.

"잘살고 있는 거야. 이 일도 마케팅이지 뭐. 가 보자. 가 보
면 어딘가 끝이 있겠지."

다음 날도 난 지군레코드로 출근했다.

이학주가 그러하듯 오늘 자 신문에 몸을 숨겼고 동안제약
이 올 때까지 시간을 때웠다.

바깥세상은 별일 없었다.

여전히 매국노들 때려잡기에 여념이 없었고 그놈들의 사
진과 행적이 고스란히 적혀 뿌려졌다.

"잡아도 잡아도 끝이 없네. 계속 나와."

피로감이 느껴질 만큼 쥐잡기는 무서웠다.

조금 특이한 일이 있다면 IPU(국제 의회 연맹) 제70차 총회가 10월에 열린다며 서울시가 보신탕, 개소주 등의 도심 영업을 금지한다는 공고를 낸 것이다.

참고로 IPU는 UN의 자문 기구로서 세계 최대의 의회 간 협력 기구인데 보통 기후 협약, 인권, 안보 등의 국제 사회 현안을 논의한다.

하여튼 세계에 잘 보이기 위해 슬슬 노력할 때가 온 모양이다. 그 정점은 88올림픽일 테고.

그렇게 일곱 살 나이에 '국제 사회를 대비한 대한민국의 포지셔닝'을 주제로 한창 열띤 문답을 속으로 진행하고 있을 때 동안제약 사장 강신오가 도착했다.

이번엔 차량 두 대에 걸쳐 다섯 명의 중역들과 함께 왔다.

우리야 뭐 조촐하게 나와 이학주, 조형만, 강희철, 지군레코드 사장이 있었다.

그런데 지군레코드 사장은 공장엔 왜 안 가고 끼어들까?

"잘 지내셨습니까? 사장님."

"잘 지냈나요? 장 총괄."

"모쪼록 좋은 결정을 해 주셔서 감사합니다."

"아니에요. 덕분에 요 며칠 설렜습니다. 예전 유학 시절 때의 기억도 새록새록 났고요."

"그런가요? 앉으실까요?"

"예, 앉읍시다."

우리가 얘기하는 가운데 동안제약 측 변호사가 이학주를 보고는 피식 웃는 게 보였다.

서로 아는 사람인 모양.

이학주도 반가워했는데 다행이었다.

변호사끼리 껄끄러우면 일하기 피곤할 것이다.

강신오는 앉으면서 질문을 했다.

"저번에 전해 준 내용을 법리 검토해 봤는데 결국 핵심은 따로 있더군요. 동안제약의 역할은 레시피 제공과 생산 시설에 한정돼 있어요. 굳이 이렇게까지 묶어 두려는 이유가 있나요?"

으응?

저번에 끝난 얘기가 아닌가?

"그걸 다시 물으신다면…… 굳이 이 자리에까지 와서 마다할 이유는 없겠죠. 대답은 전과 동일합니다. 현재 동안제약의 역량으로는 감당치 못해서입니다."

순간 뒤에서 움찔하는 몇몇이 보였다.

그중 둘은 처음 들어올 때부터 표정이 좋지 않았는데 당장에라도 튀어나올 듯 얼굴이 시뻘게졌다.

그 순간 질문의 의도부터 강신오의 행동에 의문이 들었다.

혹시 파투인가?

우르르 몰고 온 것부터, 묘한 뉘앙스까지.

하지만 아니었다.

강신오의 눈빛은 초롱초롱했다. 하고자 하는 의지가 다분.

'아아…….'

어쩐지 뒤의 놈들이 강신오보다 나이가 많아 보인다 싶더니.

이제야 무슨 일인지 알 것 같았다.

아마도 반대 세력이겠지.

내 예상이 맞다면…….

"사장님."

"네."

"뒤끝이 좀 있으시네요."

웃었다.

강신오도 웃는다. 또 묻는다.

"어느 부분에서죠?"

"혹시 저 뒤에 계신 분들이 선대로부터 내려온 적폐인가요?"

"……!"

강신오가 눈을 크게 떴다.

맞는 모양.

아버지 강중만에게만 충성하는 자들.

강신오 입장에서는 사사건건 참견하는 감시자들.

결국 이 자리도 강신오의 의도가 아닐 확률이 높았다.

역시나 내 약간의 도발에도 본색을 드러냈다.

"사장님, 이게 뭡니까? 무슨 큰 사업을 벌이신다 하시더니
딴따라 회사에 와서 저런 아이랑 일하시다니요. 회장님께서

아시면 경을 치실 겁니다."

옴마야, 무서워라.

"돌아가시죠. 이 일은 일단 회장님께 보고드리겠습니다."

날 쳐다보지도 않는다.

그러든 말든 나는 굳은 표정으로 가만히 있는 강신오에게
말했다.

"사장님, 좀 심하시네요. 저더러 떨거지들까지 치워 달라
는 건가요?"

"예?!"

"제 말이 틀렸나요?"

"네?! 하하하하하, 하하하하하하하."

마구 웃어 버리는 강신오였다.

분위기는 싸늘해졌지만 강신오는 뭐가 즐거운지 한참을
웃어 댔다. 배를 잡고 죽겠다며.

그러면서도 손은 자꾸 사과했다.

"아이고, 미안합니다. 너무 웃겨서 참을 수가 없었습니다.
장 총괄, 미안해요. 본의는 아니었어요."

"속내를 털어놓으시죠."

"사장님, 자꾸 이러면 곤란하십…… 어어! 당신 뭐야?"

조형만이 가장 강성인 사람을 잡아 문 쪽으로 밀어붙이고
있었다.

"조용히 안 하나. 우리 총괄님께서 말씀하시는데 어디 일꾼이 나서노. 까부는 개는 몽둥이가 약이라는 말 못 들어 봤나."

"이 사람이 진짜. 내가 누군 줄 알고."

"내가 니를 알아야 하나? 마지막으로 경고한데이. 입 안 다물면 멱살 잡혀 동네방네 질질 끌려다닐 끼다."

"뭐라고? 이 깡패 같은 놈이……."

"이 새끼는 말로 해선 안 되겠네. 쫌 나와 봐라."

끌려 나가지 않으려 저항하나 중년의 배불뚝이가 일로 단련된 조형만을 당해 낼 순 없었다. 곧바로 사라졌고 밖에선 온갖 고함이 터졌다.

양해 각서 체결을 위한 자리치곤 꽤 험악했지만, 지금은 1983년이었다. 2020년도에서는 상상도 못 할 짓거리가 다반사로 일어나도 그러려니 하던 때.

설사 한 대 쥐어박아 다치더라도 사과하고 치료비 물어 주면 끝이다.

사장인 강신오도 두고 보기만 했고 그건 또한 우릴 지지한다는 뜻과 같았다.

"사장님, 그래도 이건……."

눈치 없는 나머지 강성 하나가 나서려 하자 이번엔 강희철이 그 앞에 섰다.

손가락으로 쉿.

움찔.

앞선 자처럼 끌려가기는 싫었던지 물러선다.

"자, 이제 자리가 좀 정리된 것 같으니 다시 시작해 볼까요?"

"명쾌하시네. 장 총괄."

강신오는 뭐가 즐거운지 계속 웃었다.

"저야 뭐."

"보다시피예요. 일 좀 해 보려는데 뭐가 이렇게 날파리가 많은지. 내 처지가 이해되나요?"

"물론입니다."

"사실 내가 바쿠스 만들 때도 저랬어요. 그놈의 옛날 방식이 뭔지 말이죠. 정작 하는 일은 하나도 없는 놈들이."

"혁신이란 게 원래 기존을 뒤집어엎는 거잖아요. 고통을 수반하기 마련이죠. 그걸 이겨 내는 바람에 동안제약이 국내 제약 회사 1위를 달성하게 된 것 아닙니까?"

"맞아요. 하지만 그걸 또 자기 공으로 돌리려는 사람들도 많겠죠. 온갖 방해는 다 해 놓고 잘 나가니 말 바꿔서 숟가락 얹는 놈들. 자, 이제부터 솔직히 말할게요. 오늘 온 건 사실 내 개인 자격입니다."

"개인 자격이……요?"

뭐지?

"오늘부로 난 동안제약 사장직에서 물러날 생각이에요."

"!!!"

"사장님!"

"사장님!!"

뒤에 있던 사람들이 깜짝 놀라 불렀으나 강신오는 눈길 하나 주지 않았다.

"어차피 컨소시엄이면 새로이 회사를 설립하는 거 아니겠습니까? 아닌가요?"

"……맞습니다."

"알다시피 난 서독 유학도 다녀왔어요. 유럽에 대해 그나마 잘 알죠. 독일어도 할 줄 알고요."

"……."

"하나 딱 문제가 있긴 한데. 바쿠스 레시피를 그대로 쓰실 생각은 아니시죠?"

"아닙니다."

"그럼 아무것도 문제가 없겠네요. 생산 시설에 대한 노하우는 현재 기술자 몇몇을 제외하고는 내가 동안제약 최고입니다. 그리고 장 총괄의 꿈에 동참하고픈 의지가 충만해 있죠. 이 사람을 따르는 충직한 몇몇도 있고요. 어때요? 좀 쓸 만하지 않습니까?"

옴마야. 고양이인 줄 알았는데.

호랑이였다.

강신오가 이 정도 사람이었던가?

상상외였다.

부드러운 외모 속에 이런 폭발적 추진력을 숨기고 있었다니.

나로선 언감생심.

강신오가 직접 나서겠다는데 무엇이 문제일까.

"멋지네요."

"그런가요?"

"이렇게까지 하실 줄은 몰랐어요."

"아니죠. 장 총괄의 꿈이 훨씬 더 놀랍죠."

"진짜 가능하시겠습니까?"

"어쩔 수가 없더군요. 웬만하면 안고 가려 했어요. 다 같이 잘 되면 좋겠다 생각했으니까요. 안 돼요. 안 움직여요. 아무리 설득해도 이빨 하나 들어가지 않습디다. 사활을 걸고 무리

한 투자를 하자는 것도 아니고 고작 몇 억 투자하자는 건데도 일단 반대부터 하고 봅니다."

"……."

"동안제약은 늙었어요. 보신하기 급급하죠. 당장 10년만 지나도 세상이 어떻게 바뀔지 모르는데 말이죠. 제 말이 틀렸습니까?"

"……."

여기까지 나오니 솔직히 말해 굳이 디트리힌 마테슈윈츠가 필요한가 싶었다.

강신오가 유럽으로 날아가서 진두지휘한다면? 내가 살짝 양념만 쳐준다면?

그러나 다시 고개를 저었다.

이 생각은 철회해야겠다. 조용길이 김도항이 될 수 없듯 강신오는 마테슈윈츠가 될 수 없지 않겠나.

마테슈윈츠는 필요했다. 사고 자체가 다른 사람이니까.

의욕이 넘친다고 거대 시장을 도박에 걸 순 없고 나는 확고한 성공이 필요했다.

"좋습니다. 양해 각서부터 체결하시죠. 회사 설립은 한 가지 허들만 더 넘으면 시작하고요. 어떻습니까?"

"좋습니다."

"자본금도 각 5억씩으로 늘렸으면 하는데 어떠세요?"

"5억이요?"

"이왕이면 탄탄한 게 좋겠죠. 찔끔찔끔 증자하느니 한 방에 가시죠."

"5억이라. 까짓것 그렇게 합시다. 나도 그쯤은 있으니."

"고문님."

"네, 장 총괄님."

기다렸다는 듯 이학주가 양해 각서를 내밀었고 조건은 금액만 달라졌다. 우리가 대화하는 사이 저쪽 변호사도 검토를 마쳤던지 그도 강신오를 향해 고개를 끄덕였다.

끝.

악수하면서 사진 한 방 찍고.

방해꾼인 동안제약 중역들은 싹 다 보낸 우리는 강신오만 데리고 남한산성으로 갔다. 저번처럼 가게를 통째로 빌려 닭볶음탕과 백숙을 깔았다.

강신오는 더 이상 눈치 보지 않고 즐겼는데.

사람이 한 번 탁 풀어헤치니 제법 화끈했다. 노래도 곧잘 했고 춤도 잘 췄다.

나도 바빴다. 슬그머니 조형만을 불러 의견을 물었다.

"조 실장님."

"예, 장 총괄님."

"집에 여권 있어요?"

"여권이요? 그게 뭡니꺼?"

"아! 여권은 해외에서 한국인 걸 증명하는 신분증이에요."

"해외요?"

"곧 서독으로 날아가서야 할 것 같아서요."

"서독……이면 파독 간호사가 갔던 거기 아닙니꺼?"

멈칫한다.

두려운 듯.

2000년대야 해외여행이 일상화되고 외국에 관한 방송도 많이 나와 익숙한 데 반해 이때 해외는 미지의 영역이나 마찬가지였다.

이해했다. 두려울 만했다.

안 된다면 다른 사람을 보내면 된다.

하지만 조형만은 금세 마음을 다잡고 고개를 끄덕였다.

"언제 가면 됩니꺼?"

"가실 수 있으세요?"

"말만 하이소. 바로 가겠습니더."

"최대한 빨리요."

"알겠심더. 내 알아보고 여권인지 뭔지 만들겠습니더."

"어! 여권 만들려고요?"

그새 거나하게 취한 강신오가 다가왔다.

"네, 우리 조 실장님을 서독에 급파하려고요."

"오오, 서독 좋죠. 기계도 잘 만들고 제품도 확실하고. 여권이라. 아! 제가 도와드릴까요?"

"예?"

"거 여권 만드는 게 어지간히 까다로워서요. 아직 우리나라는 기업도 실적이 있어야 인정해 주거든요. 안 그러면 차일피일 미뤄 대서 피곤해요."

그런가?

그러고 보니 2000년대에도 여권 만들려면 일주일 이상 걸렸다.

"도와주시면 감사하죠. 좀 부탁드리겠습니다."

"그럼 일정에 맞춰 전화 주십시오. 만들러 갈 때. 아니다. 제가 미리 전화해 놓겠습니다. 오필승 엔터테인먼트가 오면 빨리 내주라고요."

"감사합니다."

"뭘요. 뭘요. 다 같이 잘 되자고 하는 건데. 하하하하."

자기 할 말만 하고 맥주 마시러 가는 강신오였다.

의외의 곳에서 도움이라니.

끝났나 싶어 일어날까 멈칫하는 조형만을 다시 앉혔다.

"자세한 내용은 집에서 차차 말씀드리긴 할 텐데 아직 끝나지 않았어요."

"아, 예."

"근데 혼자서 가능하시겠어요? 서독."

"으음…… 한 번도 밖에 나가보지 않아서 쪼매 걱정되긴 한데. 뭐 어째 안 되겠십니꺼? 가서 부딪치면 어떻게 되겠지예."

"그렇긴 하죠. 강신오 사장님 통하면 통역도 어렵지 않게

구할 테니."

"통역이요?"

그건 또 무슨 소리냐는 표정이 나왔다.

내가 이럴 줄 알았다.

"조 실장님, 서독말 할 줄 아세요?"

"모릅니더."

"말도 못 하는데 가서 일할 수 있겠어요?"

"아!"

고개를 격하게 끄덕인다. 그 문제는 생각 못 했다는 듯.

내가 말을 꺼내는 진의조차 파악 못 했다.

"아직도 제가 왜 이런 말씀을 꺼내는지 모르시네요?"

"네?"

"이상훈 과장이요."

"⋯⋯! 그럼 이 과장을 데려와도 되겠습니꺼?"

"그래서 묻는 거잖아요. 그 사람 데려와도 괜찮은지. 괜찮으면 이번 출장에 같이 가시라고요."

"그, 그래도 됩니까?"

"조 실장님은 사업 부문 실장이시잖아요. 전에 한 얘기 잊으셨어요?"

"아~ 안 잊었습니더. 알겠심더. 더는 묻지 않겠습니더. 내일 당장 데려다가 도장 찍고 여권부터 만들겠습니더."

"이제 됐네요. 자세한 건 집에서 하죠."

"알겠습니더. 그리 알고 있겠습니더."

조형만을 보내고서야 나도 겨우 닭다리를 하나 집었는데.

지군레코드 사장이 또 다가왔다.

"대운아."

"예."

"이거 무슨 일이야?"

"아아, 보신대로예요. 동안제약이랑 사업을 하나 해 볼까 했는데 틀어졌죠."

"틀어졌다고?"

"강신오 사장님이 옷 벗는다잖아요. 같이 만들 회사로 오시겠대요."

"?? 나는 뭐가 뭔지 잘 모르겠다."

잘 모르겠다면서 가지도 않고 서성인다.

"호기심 돋으세요?"

"그야……."

"간단한 얘기에요. 저 바쿠스로 세계 정복해 보겠다는 거죠. 강신오 사장님도 그 꿈에 동참한 거고요."

"바쿠스로 세계 정복이라고? 이 바쿠스로?"

한 손에 들어오는 조그만 병을 쳐다본다.

"유럽에다 공장 하나 차릴 생각이에요. 그래서 강신오 사장님이 필요하고요. 또 현지 사정을 꿰뚫은 인재가 필요하죠. 조 실장님이 곧 서독으로 출장 갈 거고요."

"허어…… 진짜 국제적으로 놀 생각인가 보네."

"남자가 태어났으면 국제적으로 총 한 번 쏴 봐야죠. 빵 하고."

"……."

갑자기 말을 안 한다.

"섭섭하세요? 안 끼워 줘서?"

"……."

"사장님도 이미 쏘고 계시잖아요. 소니를 상대로."

"……."

성에 차지 않은 모양.

더 큰 걸 봤다고 욕심나나 보다.

뱁새가 세상을 보더니 간땡이만 커져서는.

'소니도 대단한데.'

소니 뮤직의 정식 회사명은 CBS소니레코드였다.

미국의 3대 전국 네트워크 방송사인 CBS와 소니가 50:50
으로 1968년에 합작해 만든 음반 전문 회사.

당연히 지금도 대단하지만, 소니 뮤직은 1987년 또 한 번
점핑을 하게 된다.

미국 본토에 있는 CBS 레코드 그룹을 20억 달러에 인수하
며 세계적인 거대 음반회사로 탈바꿈, 워너뮤직, 유니버설과
함께 세계 3대 음반회사가 되는 것이다.

즉 페이트 앨범도 소니 뮤직의 성장과 함께 세계적으로 알
려질 가능성이 높았다. 앞으로 있을 저작권 분쟁에서도 소니

뮤직이 대신 싸워 줄 테고.

참고로 소니 뮤직의 저작권 정책은 아주 강력해 잘못 도용했다간 국가 단위로 차단해 버릴 만큼 유명했다. 유명한 동영상 재생 사이트에서도 그런 식이었고 누구든 소니 뮤직의 음반을 건드렸다간 아주 지독한 꼴을 당하게 된다.

하지만 이런 얘기는 아무리 해 줘도 지군레코드 사장 귀에 들어가지 않을 것이다.

이 사람은 지금 상승 욕구가 한껏 자극된 상태니까.

그런 사람 있지 않나? 완장 채워 주면 좋아하고 명품으로 온몸을 도배하고 상장, 직책 같은 것에 연연해 하는 사람들.

태생부터 타고난 순수 욕망족도 있겠지만, 대부분은 열등감의 발로인 경우가 많았다.

지군레코드 사장은 후자에 가깝겠지.

당시 몇 없는 연희전문을 졸업한 학력으로도 사장은 레코드사를 개업한 이래 늘 부탁하고 접대하는 을의 입장이었다. 돈 쓰고 잘해 주고도 딴따라라고 손가락질받았던 것.

그가 만나려는 사람들이, 이룩한 인맥들이 죄다 그런 종류였다. 소위 끗발 있는 작자들.

그들이 언제 그를 인간 대접해 줬을까? 두드리면 돈 나오는 도깨비방망이 취급이나 했겠지.

두근거리는 저 표정만 봐도 무엇을 원하는지 보였다.

컨소시엄에 참여하고 싶어 죽겠는 모양.

응, 넌 안 돼.

이럴 땐 단호한 거절보다는 작은 보상과 함께 주의를 환기
시키는 게 좋았다.

"일산 쪽에 땅 좀 알아보시는 건 어때요?"

"으응?"

"몇 년 만 둬도 몇십 배는 오를 것 같던데."

"뭐라고?!"

"그냥 그렇다고요."

대충 알아들었지 싶어 얼버무리려는데 얼른 다가와 속삭
였다.

"그거 혹시 위에서 내려온 거야?"

위?

아!

"설마요. 그럼 벌써 누군가 날름 삼켰겠죠."

"그럼 어떻게 알아?"

"안 믿으시면 말고요. 전 기회를 드릴 뿐이에요. 친하다는
이유 하나만으로 아무런 대가도 없이."

거기만 오를까?

서울 외곽 순환 도로를 낀 모든 땅이 다 오른다. 말 잘 들으
면 초콜릿 꺼내듯 하나씩 드리고 안 들으면 나만 맛있게…….

허튼 곳에는 관심 끕시다.

'그러고 보니 나도 이러고 있을 시간이 없네. 왜 남을 줘.

내가 다 먹어도 모자랄 판에.'

조용길 5집 판매량이 심상찮았다.

오늘만 듣기로 30만 장을 넘었단다.

버는 족족 땅에다 박으면 10년 내 난 대한민국 최고의 부자가 되겠지.

바쁘다. 바빠. 조형만이 참 바빴다. 서독도 가야 하고 땅도 보러 가야 하고.

'가만, 이것도 있지!'

일일학습 컨설팅을 하며 얻은 게 하나 있었다.

맥락 없는 좌회전이긴 한데 다시 생각해도 중요한 일이었다.

우리나라엔 왜 이런 게 없을까란 의문에서 출발한 사안.

2020년 세계를 휩쓴 K-pop을 품고도 우린 우리나라를 대표하는 음악 차트가 하나 없었다.

미국에 가면 빌보드가 있고 일본에 가면 오리콘이 있는데.

우리는 없다.

기껏해야 방송 예능에 불과한 가요톱텐에 큰 의미를 부여하고 그마저도 90년대 중반 폐지되며 사라졌고 그 뒤를 이어 양산된 음악 예능들은 1등이 출연도 하지 않았다. 기껏 본다는 게 주 단위 판매 실적에 따른 음원 사이트밖에 없다는 것.

우리도 권위 있는 차트 하나 갖고 싶었다.

우리도 권위 있는 차트 하나 만들면 안 되나?

예를 들면 '오필승 차트' 같은 것으로.

째 괜찮은 생각 같았다.

오필승 차트를 키워 권위를 입히고 나중엔 MAMA 같은 거 대 뮤직 어워드도 여는 거다.

안 될 게 있나?

내 보기엔 승산이 있었다. 음악계의 호응도 클 테고.

"해 봐야겠어."

곧바로 회사에 전화를 걸었다.

지적인 목소리가 받는다. 정은희다.

"네, 저예요. 별일 없죠? 예. 앞에 진을 친 사람들이 좀 줄 어들면 다시 출근할 거예요. 그때까지만 고생해 주세요. 아, 그리고 내일은 지군레코드로 바로 오세요. 상의할 일이 있거 든요. 네네, 그렇게 해 주세요. 도 실장님에게도 전해 주시고 요. 예, 끊을게요."

전화를 끊으니 한쪽 구석에서 큰 그림자가 일렁였다.

슥 보니 조형만이다.

어디론 가로 전화하고 있는 모습.

나도 모르게 귀 기울였다.

"그래, 이 과장. 내일 당장 온나. 내 허락받아 냈다. 그래, 거 사표 쓰고. 그래, 내캉 할 일이 참 많다. 너무 놀래면 안 된 데이. 신분증하고 통장 사본하고 도장 하고 싹 갖고 온나. 우 리 총괄님한테 진짜 잘 얘기해 놨다. 그래, 충성을 다해라. 니 나 내나 우리 총괄님만 믿으면 된다. 그러면 인생 노난다. 그러취. 그래도 각오 단단히 하고 온네이. 그래, 거기서 만나자. 당연히 내캉 같이 들어가야제. 내가 데려왔는데."

웃음이 나왔다.

엄청 생색낸다.

내가 조금 거들어 주면 이상훈 과장을 입사시킨 사람이 조형만이 될 것 같았다.

이렇게 되면 이상훈 과장에게 조형만은 어떻게 되는 거지?

"이도 됐고…… 나도 좀 먹어 볼까?"

뜯어 놓고 못 먹은 닭다리를 잡았다.

오늘도 포식이다.

◇ ◆ ◇

"예, 총괄님."

"괜찮겠어요?"

"계산기 두드려 봐야 정확하게 나올 것 같긴 한데 정말 잡지사를 통째로 인수하실 생각이십니까?"

"그럴 생각이에요. 아직 공론화시킨 것은 아닌데. 지금부터라도 준비는 해야죠."

처음엔 작게 시작할까 했다.

오필승 차트.

하지만 생각하다 보니 이것도 필요하고 저것도 필요하고

이것저것 챙기다 보니 또 다른 게 계속 삐져나왔다. 이러다간 중구난방이 될 것 같아 아예 통째로 인수해야겠다는 결심을 했다. 이 사실을, 그 필요성을 도종민과 정은희에게 장장 20분간 떠들었다.

"기실, 따지고 보면 그리 어려운 작업은 아닌 것 같습니다. 폐업 직전이나 목숨이 간당간당한 잡지사 정도는 충분히 찾을 것 같긴 한데. 그것보다 앞으로 몇 년간 수익을 생각 안 하신다 하니 그게 좀 걱정됩니다."

"그 부분은 걱정 마세요. 몇 년 만 투자하면 향후 몇십 년간 최고의 조직이 될 테니까요. 저는 그렇게 보는데 정은희 씨는 생각이 어때요?"

"저, 저요?"

깜짝 놀란다.

"지금까지 얘기를 들었으니 어떤 느낌 정도는 가지고 있을 거 아니에요."

"그게……."

망설이자 도종민이 곁에서 북돋워 줬다.

"말해도 된다. 총괄님이 허락하셨잖아. 이럴 때는 기탄없이 얘기하는 게 맞아. 그리고 지금은 시작 단계라 의견이 많을수록 좋다."

"그러면…… 저는 찬성이에요. 우리나라엔 이렇다 할 음악 잡지가 없잖아요. 간혹 보이는 것들도 미8군에서나 나오는 것들이고 어설픈 것투성이에요. 그리고 저는 가수도 더 이상 가십으로만 다뤄선 안 된다고 생각해요. 엄연히 전문직이잖아요."

옴마야, 웬 열.

대충 '저는 잘 모르겠어요' 정도나 나올까 했는데 꽤 매서웠다.

"그래? 그 말도 일리가 있네. 단순히 음악계 동향 정도로만 생각하면 안 되겠네. 가수도 집중적으로 다루고 세계 음악의 흐름도 싣고 평론도 생각해 봐야겠어."

"신곡이 나오면 별점을 주는 건 어떠세요?"

"별점?"

"점수를 매기는 거죠. 선생님이 동그라미 다섯 개를 주면 100점이듯 제 생각인데 신곡도 우리가 미리 듣고 완성도를 평가하는 거죠. 그 아래에다 명확한 이유를 적고요. 흥행이랑 상관없어요. 명작엔 명작들만의 힘이 있잖아요. 그걸 살려 주는 것도 괜찮을 것 같아요."

놀랠 노자였다.

도종민도 그렇게 여겼는지 눈을 크게 떴다.

"은희야, 너 되게 똑똑하구나. 언제 이런 생각을 한 거야?"

"아니에요. 근무하면서 가요계에 대해 틈틈이 공부했어요."

"이야~ 준비성도 좋아. 어떠세요? 총괄님. 우리 은희가 이정도 합니다."

도종민이 자랑스러워한다.

정은희는 부끄러운 듯 고개를 숙이고.

부하 직원을 띄워 주는 상사라.

아름다운 광경이었다.

이럴 때 오너가 해 줄 일은 뭘까?

아무래도 빠져 주는 게 상책 같았다. 괜히 끼어들어 감 놔라 대추 놔라 하느니 싹 맡겨 보는 것이다. 역량을 발휘할 수 있게.

"그럼 이 프로젝트는 정은희 씨가 맡아서 해 보는 게 어떻겠어요?"

"예?!"

눈을 동그랗게 떠서 날 쳐다본다.

"왜 놀라세요? 뼈대는 정해졌고 보니까 살을 어떻게 붙일지 관심이 많아 보이던데 일 한번 만들어 보세요. 설마 죽을 때까지 돈 계산만 하실 생각은 아니죠?"

"아…… 그게……. 정말 제게 맡겨 주시는 겁니까?"

"하세요. 안건을 내셨고 의견도 잘 들었어요. 하고자 하시면 하세요. 혹시 싫은가요?"

"아닙니다아닙니다. 제가 하겠습니다. 제가 싹 준비하겠습니다."

"그래요. 의욕이 넘치니 저도 보기 좋네요. 도 실장님이 곁에서 도와주시고요. 결론이 나면 제게 가져오세요. 함께 검토해 봐요."

"감사합니다. 감사합니다."

"하하하하, 역시 우리 총괄님. 은희야! 잘 해 보자."

"넵!"

둘이 거의 얼싸안을 정도로 좋아했다.

나도 좋았다.

직원이 직접 회사의 일부를 만드는 경험은 소속감, 애사심 이상의 무언가를 생기게 한다.

이번 일에 성공하면 도종민이나 정은희나 어지간히 섭섭하게 하지 않는 이상 오필승 엔터테인먼트를 떠나지 않을 것이다. 자기가 쌓아 놓은 탑이 있으니까. 나는 그만큼 편해지고.

속으로 환호하는 사이 조형만이 이상훈을 데려왔다.

"어! 무슨 일 있습니꺼? 왜들 그렇게 좋아하시는지예."

"아이고, 조 실장님 오셨습니까. 하하하하하."

"좋은 일 있긴 있나 봅니더."

"나중에. 나중에 알게 되실 겁니다. 그럼 총괄님 저희는 그만 가도 될까요?"

"아니에요. 이 건도 처리해야죠. 잠시만 기다려 주세요."

"아, 예."

가만히 대기하는 도종민과 정은희에게 이상훈을 소개해 줬다.

"오늘부로 사업 부문에서 일하게 될 이상훈 씨입니다. 직급은 지난 경력을 인정해서 과장이 될 거고요. 서로들 인사

나누세요."

"안녕하십니까? 이상훈입니다. 앞으로 열심히 할 테니 모쪼록 잘 부탁드리겠습니다."

꾸벅 인사하는 그에게 도종민과 정은희가 박수로 환대했다.

"반갑습니다. 저는 인사 노무를 맡은 도종민이라고 합니다."

"저는 경리부 정은희예요."

"만나서 반갑습니다."

대충 인사가 끝나자 나는 도종민에게 이상훈이 가져온 서류를 처리하라고 보냈다.

그들이 가자 난 말을 꺼내는 대신 조형만을 물끄러미 봤다. 조형만도 내 눈빛의 의미가 뭔지 금방 깨닫고 답을 해줬다.

"아직 아무것도 꺼내지 않았습니더."

"그런가요?"

"예."

그렇군.

"이 과장님."

"예, 총괄님."

"합류 축하 파티는 나중에 전부 모이면 할게요. 보다시피 시기가 시기다 보니 이사님들이 행사 다니느라 바빠서요."

"아닙니다. 그런 생각 일절 없습니다."

"그럼 바로 일 좀 시작해도 될까요?"

"물론입니다. 일일학습과도 마무리 지었고 일을 주시면 더 좋습니다."

"좋아요. 그러면 조 실장님과 함께 여권부터 만드세요."

"예?!"

이건 예상 못 했는지 멍한 표정이 나왔다.

"여권 모르세요?"

"아, 압니다. 아니, 저기. 일본 출장 몇 번 다녀 봐서 여권은 가지고 있습니다."

"잘됐네요. 조 실장님, 이번에 여권 만들면서 서독 비자도 따세요."

"……!"

이상훈이 계속 놀라자 조형만은 그의 옆구리를 찌르며 킬킬킬 웃었다.

"와? 놀랐나? 니캉 내캉 첫 임무가 서독에 가는 기다. 자슥아."

"예?!"

"차차 얘기해 줄게. 마! 니는 그냥 이 행님만 믿고 따라온나. 총괄님, 이제 움직여도 되지예."

"가십시오."

"옙."

일어나는 두 사람에게 한마디 더 던졌다.

"아! 조 실장님이 책임지고 추천하신 거 아시죠? 조 실장님을 믿는 만큼 저도 기대가 큽니다. 잘 해 보십시오."

"예? 예엡. 모, 목숨을 바쳐 일하겠습니다!"

크게 대답하면서도 조형만을 힐끔 보는데 눈길에 감사함
이 가득하다.

은혜 입은 까치인가.

두 사람이 끈끈할수록 혹은 오필승 엔터테인먼트에서의
생활이 흡족할수록 이상훈이 조형만에게 품을 은혜의 크기
는 기하급수적으로 커지겠지.

느낌이 좋았다.

조형만도 괜한 설레발 떨지 않고 어깨를 토닥이는 거로 끝
내고.

"자, 나가 보세요."

"옙!"

"넵."

막 이들이 나가려 할 때 문이 또 열리며 대여섯 명이 우르
르 들어왔다.

뭐지? 하는데 익숙한 얼굴이 보였다.

강신오.

"염치불구하고 신세 좀 지겠습니다."

"예?"

"어제 사표 낸다고 하지 않았습니까. 오늘 아침에 시원하
게 던지고 나왔습니다. 여기 서 있는 사람들도 똑같이 사표
내고 왔고요."

"……!"

아이고야.

이 사람도 불도저구나.

뻔뻔한 얼굴로 들어온 강신오는 되레 큰소리를 쳤다.

"이 보십시오. 절 믿고 따라온 사람이 이 정도입니다. 이 사람이 그동안 마냥 놀고만 있진 않았다는 증거 아닙니까."

"⋯⋯."

"다들 인사들 하시게. 앞으로 우리를 먹여 살려 주실 오필승 엔터테인먼트의, 에⋯⋯. 그러니까 국민 영웅 조용길 씨가 소속된 음반 회사의 실질적 주인이시자 총괄본부장을 맡고 계신 장대운 님이시네."

"'''뵙게 되어 영광입니다.'''"

미리 연습이라도 해 왔는지 한목소리로 인사하였다.

눈에 든 것도 약간의 의혹뿐.

저항이 별로 없었다.

날 처음 본 어른들은 대부분 부정하거나 고개를 갸웃대는데.

그러나 내가 면면을 채 다 살피기도 전에 강신오가 또 나섰다.

"저기 제일 나이 지긋한 분이 공장장님이십니다. 저분은 부공장장님이시고 저 사람은 바쿠스 레시피 담당, 저 사람은 마케팅 담당, 저 사람은 제 비서입니다."

중년에서 장년으로 넘어가는 사람 둘, 나머지는 젊은 축에 속한 세 명이었다.

한창 일하고 또 한창 숙련된 나이들이다.

꼭 필요한 인력으로만 잘 데려온 것.

뭔가 내 손을 떠나 급박하게 움직이는 것 같았지만 원래 노는 물들어올 때 젓는 법이다.

정식으로 인사했다.

"이왕 오셨으니 오늘부터 첫 출근이라 치시죠. 어떠신가요?"

"저야 좋습니다."

"내규는 차차 정하는 거로 하고 이왕 시작했으니 사장님께 부탁이 있습니다."

"아! 저 사장 아닙니다. 아직 직급이 정해지지 않았으니 '씨' 정도로 불러 주십시오."

씨는 무슨.

"그럼 일단 직급이 정해지기 전까진 이사님이라고 부르겠습니다. 강 이사님께서 여기 조 실장이랑 이 과장의 여권과 서독 비자, 통역을 좀 구해 주십시오. 빠를수록 회사 설립이 빨라질 겁니다."

"알겠습니다. 다른 건 필요하지 않습니까?"

"이분들 유급 휴가를 주세요. 이것저것 처리하고 결정하려면 한 달 정도는 필요할 것 같은데 그동안 휴가 다녀오라고 하시는 게 어떠십니까?"

내 말에 강신오는 바로 답하지 않고 뒤의 다섯을 보고는 말했다.

"들었습니까? 유급 휴가랍니다. 그동안 쉬지도 못하고 애

만 쓰셨으니 한 달만 푹 쉬고 돌아오십시오. 뒤는 제가 닦아
놓겠습니다."

"사장님……."

그러나 목소리가 살짝 떨렸다.

불안한 모양.

리더가 가자고 하니 일단 사표를 던지긴 했는데 말 그대로
진짜 어린아이가 일을 주도하고 있었고 첫 임무마저 휴가였
다. 잘못 생각하면 정리해고의 절차로 보일 수 있었다.

하지만 강신오는 변명 따윈 하지 않고 정면돌파를 택했다.
꾸벅 허리를 숙였다.

"저를 믿었듯 장 총괄도 한번 믿어 주십시오. 부탁드립니다."

"으음……. 사장님, 알겠습니다. 어차피 나오면서 내 목숨
도 사장님께 맡겼습니다. 고작 한 달 못 참겠습니까. 야들아,
너희도 안 그러냐."

"걱정 마십시오. 이미 죽으라면 죽고 살라면 살려고 튀어
나왔습니다. 그까짓 한 달. 아무것도 아닙니다."

"저희도 걱정 마십시오."

으쌰으쌰.

이런 게 바로 프런티어 정신 아닌가?

길을 여는 자들의 열정.

멋진 모습이라 나도 동조해 줬다.

"여러분은 쉬시겠지만 저는 그동안 회사 내규도 만들고 여

러분의 복지와 체계도 만들어야 합니다. 회사는 멈추지 않아
요. 걱정 마시고 푹 쉬다 오십시오. 앞으로 눈코 뜰 새 없이
바빠질 테니까요."

말을 하면서도 뭔가 어색했다.

다시 얼른 좋아할 만한 말로 바꿨다.

"급여 체계가 완성되면 쉰 것까지 소급해서 지급할 예정입
니다. 그동안 가족과 못 해 본 것도 하시며 즐겁게 지내다 오
십시오. 뒤는 걱정 마시고요."

"알겠습니다. 이렇게까지 말씀해 주시는데 저희도 더는 얘
기 꺼내지 않겠습니다. 부디 모쪼록 잘 부탁드립니다."

"""잘 부탁드립니다."""

인사를 끝으로 해산.

우르르 나가는데 또 같이 가지 않고 버티는 강신오였다, 그
앞에서 대놓고 신문을 펼칠 수 없는 노릇이라 아까부터 궁금
했던 걸 물어봤다.

"그런데 괜찮으세요?"

"뭐가요?"

"댁이요."

"아~ 하하하하하, 괜찮긴요. 잡히면 반쯤 죽을 겁니다. 며
칠은 집에도 못 들어갈 것 같고요. 제 아버지가 좀 우악스러
우세요."

"어지간하시네요."

"어쩔 수 없지 않습니까? 여기 이 가슴에 불이 활활 치솟고 있는데 저 좁은 용두동 골목에서 꺼트릴 수는 없지 않겠습니까. 죽으나 사나 이제 어쩔 수 없습니다. 못 먹어도 고입니다. 못 먹어도 고!"

의료계 성골 집안과 결혼하고 본인 스스로도 의대 출신에 남들 부러워하는 것들을 다 가지고도 전부 던지고 홀로 유학 길을 떠난 남자.

제약계의 기린아다웠다.

이러니까 바쿠스가 성공한 거다. 어중이떠중이였으면 한두 번의 실패로 끝났을 텐데.

마음에 들었다.

고작 여섯 명쯤. 설사 일이 성사되지 않더라도 굴릴 영역은 넘치고 넘쳤다.

게다가 이 사람 강신오가 너무 탐났다.

저 몽상가적 기질이, 그러면서도 너무도 합리적인 처신이 나를 사로잡았다.

'아무래도 안 되겠어.'

이 사람을 가져야겠다.

저 활활 타오르는 불을 계속 키워 줘야겠다. 타오르다 타오르다 저 높은 곳의 태양이 될 때까지 키워 줘야겠다. 나를 떠나서는 살 수 없게끔.

쉴 새 없이 땔감을 줄 것이다.

나에게 중독시킬 것이다.

뱃심 딱 주고 손을 내밀었다.

"이사님. 우리 한번 세계를 싹 뒤엎어 볼까요?"

내 손을 본 강신오는 지금까지 부리던 한량 같은 분위기를 완전히 지우고 진지한 표정으로 내 앞에 섰다. 손을 잡았다.

"그러려고 왔습니다. 총괄님. 새카맣게 타 재가 되더라도 상관없습니다. 그 꿈 한번 두 눈으로 보는 게 제 소원입니다. 저 좀 어떻게 해 주세요."

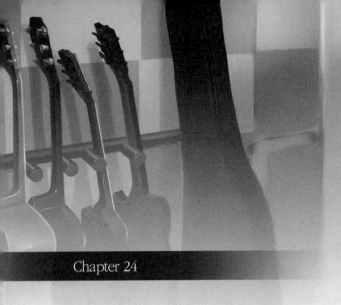

바람이라는 게 참으로 이상했다.

본디 의지가 있는 것도 아닐진대 한 번 타기만 하면 어디가 끝인 줄도 모르게 높이 올려 보낸다.

인기의 속성도 바람과 같았다.

국민 MC 유재석도 그랬고 문화 대통령이라 불린 태지보이스도 그랬고 세계를 뒤흔든 '강남스타일'의 싸이도 그랬고 빌보드 차트를 후려친 방탄소년들까지

물론 스스로 잘한 것도 있겠지만, 여느 남자 아이돌 그룹과 비슷하게 시작했던 방탄소년들이 어느 순간 비교도 할 수 없는 자리에 오른 건 분명 노력 이상의 무언가, 즉 어떤 바람의

작용이라는 관점을 무시할 수가 없었다. 어디에서든 존재하는 아미 덕도 크겠지만.

국내든 세계든 최정상이란 늘 그랬다.

인력으로 만들어지는 게 아님을 업계 사람들은 알았다.

인기란 바람과 같은 것이고 안 되는 건 안 되고 되는 건 어떻게 막아도 된다. 경험을 통해 체득했고 이것이 분명한 국룰이라는 걸 알았다. 암묵적인 법칙처럼 이 바닥에 어떤 바람이 작용하고 있음을.

그렇게 1983년.

무더운 여름을 맞은 오필승 엔터테인먼트에서도 똑같은 일이 벌어지고 있었다.

며칠 사이 판매고 30만 장을 찍은 조용길 5집이 어느새 50만 장을 넘겼다. 그러고도 멈출 생각 없이 빨리 물건 좀 달라고 독촉 전화가 난리다.

꿈틀꿈틀.

묵직하면서도 거대한 무언가가 조종하듯 바람이 치솟고 있었다.

가히 무서울 정도였다.

"아아아, 알았어. 알았어. 내가 공장에서 나오는 대로 최우선으로 2만 장 내려보내 줄게. 10만 장 보내라고? 안 돼~ 다른 총판도 지금 난리야. 에헤이, 그 정도면 다른 데 보다 더 좋게 해 준 거라고. 나도 이럴 줄 알았나? 24시간 펑펑 돌리는 데도 이러는 거라니까. 조금만 참아. 그래그래, 내가 한번 내려갈게. 알았지?"

끊자마자 바로 울린다.

"어어, 그래, 뭐?! 안 갔어? 그게 무슨 소리야! 어제 용달로 고이 내려보냈는데. 에이, 가고 있겠지. 조금만 기다려 봐. 그래, 조금만 있으면 도착할 거야. 그렇지그렇지. 영광으로 굴비 한 번 먹으러 오라고? 거 좋지. 내려갈 때 벌교 꼬막 좀 챙겨 봐. 저번에 맛보니까 괜찮더라고. 알았어. 아라쓰."

끊는데 또 울린다.

"어! 누구라고? 아아~ 아이, 왜 그래. 내가 언제 최 사장을 섭섭하게 했다고. 보내 주려고 물량 빼놓고 있었어. 저번에 자갈치 시장에서 그랬잖아. 최고로 챙겨 주겠다고? 엉? 제주도까지 물량이 딸린다고? 얼마나? 아이, 미치겠네. 그건 좀 기다려야 할 것 같아. 미안해. 내 맘 알지? 알았어. 알았어. 지금부터는 나도 집에 안 들어가고 생산할게. 됐지? 그래, 이것 좀 정리되면 보자고."

지군레코드 사장도 정신없었다.

수요는 폭발적인데 생산력이 부족하니 돈 싸 들고 와도 못 챙긴다.

"에이씨, 공장을 더 키우든지 말든지 해야지."

옳은 판단이다.

앞으로 커질 시장을 커버하려면 투자는 필수.

따르르르릉

또 울린다.

"아씨, 또 누구야? 여보세……. 아! 모시모시, 신이치 상. 아아아, 니주만 마이 데스까? 하이. 아리가또 고자이마쓰. 고레까라모 요로시쿠 오네가이시마스.(안녕하세요. 다나카 상, 아아아, 20만 장이요? 네, 감사합니다. 앞으로도 잘 부탁드립니다)"

방금의 짜증이 어디로 갔는지 입이 찢어진다.

일본의 20만 장은 한국의 20만 장과 결이 달랐다.

신나서 또 여기저기 전화하는 지군레코드 사장을 보다 난 고개를 절레절레 흔들고 집으로 돌아왔다.

급한 건 거의 끝난 느낌.

남은 것도 시간을 요하는 것뿐이라 내가 딱히 필요한 일이 없었다.

그런데 조형만이 와 있었다. 저녁도 아닌데.

"할매, 이거 이리로 옮기면 돼요?"

"하이고, 괜찮다는데. 예예, 거기, 거기다 놓으소. 이제 좀 그만하소."

"언제예. 한 번씩 들를 때 해치워 뿌야지. 괜히 할매가 옮긴다고 나서지 마소. 이런 거 잘못 들면 허리 나갑니더."

"아이고 참. 계속 이라믄 대운이가 싫어한다 아입니까."

"와 싫어합니꺼. 우리가 남이라예. 먼저 보는 사람이 하는 기지."

익숙해 보였다.

이런 일이 자주 있었던 모양이다. 나 모르게.

고마웠지만.

내색하지 않았다.

"아저씨, 오셨어요."

사석에선 여전히 아저씨로 부른다.

"어, 왔나? 거 강신오 사장…… 강 이사가 일러준 대로 하니까 금방 끝난대. 여권 사진이야 전에 말해 놔서 찍어 놨고 비자도 신청만 해 놓으면 자기가 알아서 해 주겠다 캐서 할 게 없었다."

"이상훈 과장은요?"

"갸? 갸도 정리할 게 있을 거 아이가. 일일학습에서 연락 와가 보냈다. 줄 거 주고 받을 거 받아 오라고."

이상훈 과장의 합류가 우리로선 호재이나 본의 아니게 일일학습엔 악영향을 끼치고 말았다.

더구나 핵심 인력을 끌고 왔으니 타격이 클 것이다.

아무래도 머지않은 시기에 김영현 사장의 전화 혹은 방문을 받을 것 같은 예감이 들었다.

"알았어요. 그럼 오신 김에 서독 가서 뭘 해야 하는지 같이 얘기해 보죠."

"내도 그거 들으러 왔다. 슬슬 마음의 준비를 해야 할 것 같 아서."

"그래요. 제 방으로 오세요."

노태운처럼 내 방으로 끌고 갔다.

도란도란 앉아 가서 어디를 찾아가야 하고 누굴 만나고 또 무엇을 해야 하는지.

마음가짐부터 피할 것, 얻어야 할 것을 구분, 철저히 다져 줬다. 순서도도 그려가며.

절대로 코쟁이에게 눌리지 말라고. 뒤에 내가 있다고. 반 복 학습으로 머릿속에 박아 넣었다.

"내일은 두 분 다 양복 한 벌씩 맞추세요. 돈백을 달라든 2 백을 달라든 무조건 최고급으로요. 알았죠? 대충 합의해서 싼 양복으로 맞추면 절대 안 돼요. 그럼 내가 다시 맞추게 할 테니까요. 무슨 말인지 알죠?"

"알았다. 큰 사업가처럼 보이라는 거 아이가."

말은 알아들은 듯하지만 느낌이 안 온 표정이었다.

더 세게 찔러줬다.

"예. 구두도 와이셔츠도 넥타이도 제일 좋은 거로다 쫙 빼 입으세요. 벌써 10억이 모인 사업이에요. 돈 1, 2백에 이미지 날렸다간 나중에 큰일 나요."

"아아, 그렇구나. 쓸데없는데 돈 아낄 때가 아니구나."

"이제 눈에 들어와요?"

"그러네. 내가 띄엄띄엄 봤구나. 알았다. 아니, 내가 이럴 게 아니라 잘 찾아보고 회장님들 옷 맞추는 데서 맞춰야 할 것 같다."

"그렇게만 하면 최고고요. 아! 머리스타일도 최고로 하시고요."

"알았다. 알았어. 내 최선을 다해 볼게."

이때 문이 빼꼼히 열리며 할머니가 고개를 내밀었다.

"대운아."

"예."

"용길이 아저씨 왔다."

"예?"

"나온나. 아저씨가 벌써 와 있었다."

"아……. 알았어요. 우리도 어서 나가요. 아저씨, 명심하시고요."

"알았다. 맡겨 봐라. 이 기회에 내도 최고로 한번 맞춰 보자."

같이 나갔더니 유재한이랑 조용길이 와 있었다.

오늘 지방 행사 간다고 하지 않았나?

"아아, 갔다 왔어. 오늘 희한하게도 저녁 시간이 비더라고. 형님이 너희 집으로 가자고 해서. 괜찮지?"

"잘 오셨어요. 보세요. 할매도 반가워하시잖아요."

"할매, 저희 밥 먹으러 왔어요."

"아이고, 잘 왔심더. 안 그래도 오늘 고등어 장수가 와서 생물이랑 자반 좀 샀는데. 잘됐심더. 싹 해치웁시더. 고등어조림 좋지예?"

"아이고, 없어서 못 먹습니다. 흰 쌀밥에 잘 조린 무랑 살코기를 탁 올려서 입에 넣으면 캬~ 입에 침이 막 고입니다."

"호호호호호, 조금만 계시소. 내 금방 해 올게예."

"형님, 반주도 하실 거죠?"

"좋지."

"그럼 얼른 가서 열 병만 사 올게요."

이 양반은 반주가 열 병이다. 25도짜리 두꺼비를.

유재한이 얼른 나가려 하자 침을 꼴깍 삼키는 조형만의 옆구리를 찔렀다.

"아저씨도 어서 아주머니 모시고 오세요. 이왕이면 같이 먹죠. 집에서 따로 차릴 필요 있나요?"

"그, 그런가?"

"이럴 때 한 번씩 같이 먹고 하는 거죠. 언제 모여요?"

"알았다. 내 얼른 다녀올게."

가까운데 살아서 후다닥 나가고 또 후다닥 다 모이는 데 채 10분도 걸리지 않았다.

아주머니는 오자마자 두 팔 걷어붙이고 할머니를 도왔고 여자 둘이 모이자 저녁상은 순식간에 차려졌다.

남자들은 그사이 조형만의 아이들과 놀아 줬고 부엌에서부터 넘어오는 진한 향기를 맡으며 인고의 시간을 보냈다.

"드시소. 차린 건 별로 없는데. 다 이래 먹고 사는 거 아입니꺼."

"무슨 말씀이세요. 진수성찬인데. 안 그래도 고등어조림이랑 자반 구이 먹고 싶었다고요."

"맞아요. 아주 기름기가 좔좔 흐르네요. 고등어를 정말 좋은 놈으로다 잘 사셨어요."

"우리 할매 전직이 생선 장사였어요. 때깔만 봐도 알아요."

"그래?"

"아이고, 그만하고 어서 드시소. 식겠습니더."

둘이서만 하는 저녁 식사에 여섯 명이 끼자 북적북적 애들은 칭얼거리고 자기 좀 봐달라고 사고 치고 정신없었지만.

그 모든 것보다 온기 가득한 집안이 훨씬 더 컸다.

"아이고 희야(형), 밥 무야 한다. 그만 좀 괴롭히라. 동진아."

"괜찮아요."

"아이다. 니 밥 무라. 아저씨가 동진이 동현이 볼게. 당신도 오지 말고 밥 무라. 여기서라도 편히 무야제."

조형만이 두 팔 걷어붙이고 어린 아들 둘을 맡았다. 그 덕에 아주머니는 여유롭게 식사를 하며 웃었다. 할머니 옆에 꼭 붙어 이런 저런 얘기도 하고 물도 챙겨 주고.

조용길과 유재한도 허허허 웃으며 반주도 하고 공연하며 있었던 얘기도 꺼내며 분위기를 더욱 좋게 이끌었다.

할머니는 계속 웃었다.

처음부터 끝까지 웃었고 너무너무 즐거워하셨다.

'……'

문득 우리 집도 이렇게 살았으면 어땠을까란 생각이 들었다.

'……'

안 되는 건 안 되는 거겠지?

지난 7년생, 가족끼리 어디 놀러 간 것도 손에 꼽았지만 놀러 가서도 웃으며 돌아온 적은 단 한 번도 없었다. 맨날 싸우고 울고 토라지고 소리치고.

젠장, 이 좋은 날에 무슨 영광을 보겠다고 이따위 걸 떠올리는지.

애써 털어내 버렸다.

상념을 지우듯 혹은 상념에서 도망치듯 빠져나오던 나는 나도 모르게 일 얘기를 꺼냈다. 좋았던 분위기를 내가 흐트러 버렸다.

"……잡지사를 하나 설립할 생각이에요."

"잡지?"

"엉?"

"아……. 그게……. 아직은 준비 단계이긴 한데 음악 전문 잡지를 하나 발간해 보려고요."

오필승 차트에 대해 설명해 줬다.

우리나라에도 권위 있는 음악 차트 하나 있어야 하지 않겠냐고.

"거 되게 좋은데. 맞아. 왜 그 생각을 못 했지?"

"맞아. 할 수 있다면 하는 게 좋겠지. 난 찬성."

조용길과 유재한은 단번에 오케이였다.

"그럼 일단 우리끼리만 알고 있어요. 가시권에 들면 다시 알려 드릴게요."

"알았어. 우와~ 이 아이디어 진짜 좋은데."

"맞아요. 형님. 오필승 차트라니. 상상도 못 했어요."

자기들끼리 잔 채워 주고 마시고.

그러나 아직 끝나지 않았다.

"또 있어요."

"응? 또 뭐?"

"다른 게 또 있어?"

"네, 있죠. 동안제약이랑 하는 컨소시엄도 어느 정도 물살을 탔어요. 강신오 사장이 동안제약에 사직서를 냈고 이번에 세울 회사에 올인하겠다 하셨어요."

"엉? 누가 뭘 어쨌다고?"

"그 사장이 사표 냈다고?"

"예, 직접 직원들을 데리고 나와 회사 차리겠다 하셨어요. 아직 완벽하게 결정된 게 아니라 자세한 얘기는 나중에 천천히 해 드릴게요. 그리고 우리 조 실장님이 아! 이상훈 과장이라고 한 명 더 식구가 늘었어요. 조 실장님을 도와 사업 부문을 돌볼 분이에요. 하여튼 두 분이 비자가 나오는 대로 서독으로 날아갈 거예요."

"엉? 서독?"

"갑자기 뭔 서독?"

"옴마야, 그기 무슨 소리고 대운아, 이이가 지금 어딜 간다고?"

가만히 있던 아주머니까지 눈을 휘둥그레 끼어들었다.

"이것도 아직 일이 이뤄진 게 아닌지라 아직 전부를 발설할 단계는 아니에요. 조금만 기다려 주세요."

"맞다. 당신은 나서지 마라. 낸중에 다 얘기해 줄게."

"하지만…… 갑자기 외국이라니예."

아주머니가 살짝 저항했다. 무척 걱정스러운 눈빛으로.

남편과 멀리 떨어진다는 것 자체가 받아들이기 힘든 느낌이었는데.

"어허, 이 사람이 와 이라노. 큰일 앞두고. 니 지금 초 칠라카는 기가?"

그걸 사람들 앞에서 체면이 상했다고 받아들인 조형만의 언성이 커졌다.

2020년이 돼도 여전히 살아 있는 한국 남자의 기질 중 하나라.

집에선 설거지하고 청소하고 애 보고 다 도맡아 하더라도 밖에서 자존심 건들면 안 된다.

일이 커지기 전에 얼른 막았다.

"잠시만요. 어려운 일이 아니에요. 비행기 타고 한 일주일 해외여행 갔다고 생각하세요. 일은 겸사겸사고요. 올 때 선물도 사 오실 거예요."

"……."

"일주일이면 돌아올 거예요. 길어도 열흘. 새로 오신 이상훈 과장과 같이요. 서독에서도 통역사가 따로 붙고요. 위험한 일 전혀 없어요."

"정말 그런 것뿐인가?"

"그럼요. 너무 놀라지 마세요. 도리어 아저씨의 견문이 넓어지는 일인데요. 그게 다 나중에 동진이 동현이에게 다 갈 거잖아요."

"으음……. 알았다. 동진이 아부지요."

"어."

"올 때 아들 선물이나 잘 사 오소. 몸조심하고요. 내는 그거믄 됩니더."

"그게 무슨 소리고. 아들 선물이 무시기 문제가? 당신 선물이 먼저지. 내는 걱정 마라. 잘 다녀올게."

조형만도 기회를 놓치지 않고 분위기를 풀었다.

살짝 긴장감이 돌았던 식사자리에 다시 훈풍이 불었으나 안타깝게도 나에겐 아직 안건이 하나 남아 있었다.

그래, 내가 죽일 놈이다.

"그리고 죄송한데. 또 있어요?"

"또?"

"하아~ 이젠 좀 무섭기까지 하다. 뭔데?"

"내도 무섭다."

"우리 직원들 말이죠."

"응."

"다 이 남서울 아파트로 이사 오게 하면 어떨까요?"

"엉? 그게 무슨 소리야?"

"직원들을 다 어디로 이사 오게 한다고?"

"별건 아니에요. 우리 회사가 여기 아파트를 인원수대로 다 사는 거죠. 사서 직원들 살 수 있게 빌려주는 거죠. 그게 어떨까 생각해 봤어요."

"……!"

"……!"

"……!"

"……!"

여간해선 일에 참견하지 않는 할머니마저 수저를 멈추고 물어왔다.

"대운아, 니 여 아파트를 몽땅 살라고 카는 기가?"

"그건 아니고요. 직원이라 봤자 열 명도 안 되는데 여기저기 떨어져 살잖아요. 돈이 없으면 모를까. 있는데 굳이 허튼데 쓸 필요 없어서. 집이야 가지고 있으면 남는 거고. 물론 이건 용길이 아저씨가 반대하면 안 할 거예요."

사실 원대한 계획이 하나 숨어 있긴 했다.

오필승 타운.

오필승에 의한, 오필승을 위한 요람.

물론 이걸 이 아파트 단지에서 구현하겠다는 얘기는 아니
었다.

요지에, 아직 허허벌판인 대지가 근처에 하나 있었다. 나
중에 놀이공원이 들어서고 한국에서 제일 높은 건물이 들어
서는 곳.

그곳 잠실벌에 오필승을 위한 타운을 건설하는 게 어떨까.

이도 당연히 다른 사안과 같게 충동적으로 시작한 구상이
긴 했다. 괜히 배알이 꼴려서.

매국노 이슈가 한창 이 나라를 뒤집고 있을 때 한국에서 영
업함에도 버는 족족 일본에다 바치는 기업이 아닌가.

아닌 척 모른 척 자세를 낮추고 있다지만, 2015년 시작된
경영권 분쟁에서 나는 그들의 민낯을 똑똑히 보았다. 애들은
한국 기업이 아니라 일본 기업이었다는 걸. 지들끼리는 일본
이름에 일본 말로 지껄이고 있었음도.

그래서 꼴 보기 싫었다.

그렇다 한들 내가 그 땅에 백화점을 세울 것도 아니고 전국
적 마트 체인망은 더더욱 어렵다.

소소하게 적당히 엿 먹이는 방법 중 하나가 거대 타워가 들
어설 공간을 원천적으로 차단해 버리는 건데 우선 생각이 그
렇다는 거다. 구체화된 건 하나도 없었다.

"내가 왜 반대하겠어. 근데 거기에 나도 포함되는 거지?"

"그럼요. 정직원은 전부 해당 사항이에요."

"그럼 찬성. 내가 얼마 내면 돼?"

"아니요. 그 얘기가 아니라. 다 회삿돈으로 할 거예요. 다 회사 자산이 될 거고요."

"그게 가능해?"

조용길은 하나도 모르고 있었다. 지금 회사 수익이 얼마나 되고 당신에게 돌아갈 금액이 얼마인지.

"돈 걱정은 마세요. 앨범 나가는 것으로도 충분하니까요."

"뭐, 돈 걱정 없다면 나는 문제없어. 너 하고 싶은 대로 다 해."

쏘 쿨.

"알았어요. 그럼 이 건은 그렇게 진행해 볼게요. 물론 수지 타산 따져 보고 안 할 수도 있어요."

허락이 떨어졌으니 파고들 여지는 많았다.

이쯤 가자 내 머릿속에도 슬슬 우리도 건물 하나 가져야 하지 않나란 생각이 들어왔다.

번듯한 사무실도 하나 차리고 각자 자리도 하나씩 주고 녹음실에 잡지사도 들어오려면 규모가 좀 되는 건물이면 좋겠다.

'여의도 땅을 활용할까? 아니야. 그건 시간이 너무 걸려.'

배보다 배꼽이 더 클 것이다.

'일단 그 근처에 건물 나온 게 없나 살펴볼까? 아파트 사는 것도 그렇고. 내일 복덕방 좀 다녀와야겠는데.'

아마도 첫 시작은 조형만이 사는 아파트를 회사에 파는 것부터 일 것이다.

그걸 기점으로 나오는 족족 우리가 가져가 한 사람씩 나눠 주면 되지 않을까.

말이 나온 김에 조형만에게도 넌지시 언질을 줬다. 이렇게 할 테니까 너는 그렇게 알고 있으라고.

알았다고 끄덕이는 그를 두고 나는 강희철과 함께 다음 날 바로 복덕방을 찾아갔다. 여기 주인장 할아버지는 한결같게 도 친구랑 장기를 두고 있었다.

그러나 들어서는 날 보고는 전처럼 멀뚱 쳐다보지 않았다. 벌떡 일어나 반겼다.

"어! 오랜만이네. 어서 와. 어서."

"안녕하셨어요?"

"그럼 나야 잘 지내지. 여기 앉아."

어지럽게 널린 신문을 툭툭 치우고 자리를 마련해 준다.

앉으니 자연스레 엽차가 두 잔 나오고 용건이 뭐냐며 눈으로 물어왔다.

나도 뜸 들이는 스타일이 아닌지라 본론을 꺼냈다.

"저번에 말씀하신 거 확실하세요?"

"뭐가?"

"여기 아파트 물건 꽉 잡고 계신다면서요."

"그렇지. 나 아니면 여기 물건은 움직이질 않지. 왜?"

돈 냄새를 맡았나 보다 허리가 급격히 앞으로 기울어졌다.

나도 시작했다.

"일단 여섯 채 정도 구입하고 싶은데…… 될까요?"

"뭐?! 여섯 채?"

화들짝 놀란다.

"안 돼요?"

"안 되긴 뭐가 안 돼. 되지."

"바로요?"

"아니, 그건 아니고. 우선 네 채가 나와 있는데 그것부터 잡으면 돼. 나머지 두 채도 나오는 대로 내가 잡아 줄게."

"그래요?"

"그래, 지금 보여 줄까?"

"보여 줄 수 있으세요?"

"상태가 좋아. 그래도 찝찝하면 도배만 하고 들어가면 돼. 아주 깨끗해."

엉덩이가 들썩들썩 안달이 났다.

이대로 복덕방을 나갔다간 울어 버릴 정도로.

"그럼 도배랑 하자까지 저번처럼 다 봐주시는 거죠?"

"걱정 마. 내가 직접 다 확인한 물건이야. 아니, 내가 다시 직접 돌며 봐줄게."

"알았어요. 주인들 다 오라고 하세요."

"좋았쓰!"

여기저기 전화해 대고는 바로 보고 한다.

"금방 온대. 조금만 기다려."

"저도 전화 한 통 써도 되죠?"

"얼마든지."

회사로 전화했더니 정은희가 받는다.

"예, 전데요. 도 실장님 계시죠? 네, 지금…… 아, 잠깐만요. 다 해서 얼마죠?"

"네 채니까 1억3천."

"1억7천을 다섯 등분해서 빨리 남서울 아파트 단지로 오시라고 전해 주세요. 우리 인감 들고요. 네네, 아파트 좀 사려고요. 다섯 채요. 네네, 기다리고 있을게요."

조금 기다리니 아파트 주인들이 도장 들고 왔고 주인장 할아버지는 앞장서서 아파트에 하자가 없나 매섭게 물어 댔다. 전이랑 다르면 손해를 물겠다고 으름장도 놓고.

별문제는 없는 듯 주인 중에 눈을 피하는 사람은 없었고 그들과 30분쯤 기다리자 도종민이 007가방을 들고 정은희와 들어왔다.

정은희는 왜 왔을까?

아니구나. 사무실에 정은희만 혼자 둬서 뭐할까. 나온 김에 밥 먹고 들어가면 되겠네.

서류는 그동안 주인장 할아버지가 다 준비해 놓은 터라 돈만 맞으면 끝이었다.

언제 이사 나갈지 확인하고 도장 꽉. 조형만의 집도 꽉.

끝.

같이 중국집 가서 요리 두어 개 시켜 놓고 어찌 된 일인지 얘기해 줬다.

"네?!"

"!!!"

"뭘 그렇게 놀라세요? 우리가 살 집인데."

"아니 그래도 어떻게 이런 걸 생각하……."

"혹시 아파트 싫으세요? 주택을 여러 채 사는 건 회사도 부담이 커요."

"아니에요 아니에요. 그 얘기가 아닙니다. 안 그래도 집사람이 아파트에서 살고 싶다고 노래 부르고 있었습니다. 저희야 무조건 좋죠."

"그럼 됐네요. 은희 누나도 괜찮죠?"

"……."

대답은 못 하고 손만 덜덜덜 떨고 있었다.

충격이 적잖이 큰 모양.

풀어 주려고 농담을 던졌다.

"이거 주는 거 아니에요, 그냥 회사가 직원들 복지를 위해……."

"이런 느낌 처음이에요."

"예?"

"이렇게 보호받고 인정받는 느낌. 한 번도 느껴 본 적 없어요. 흐흐흑."

아이고.

이제는 안 줬다간 큰일 나게 생겼다.

그래서 난 오히려 더 칼같이 선을 그었다.

이런 일은 명확히 처리 안 하면 잘해 주고도 욕먹는다.

"순서대로 돌아갈 거예요. 창립자들 우선이고요. 이후는 들어온 순번대로요. 보다시피 지금은 다섯 채밖에 못 샀습니다. 무슨 말인지 아시죠?"

"네……."

"이상훈 과장과 은희 누나는……. 자꾸 누나라 부르니까 입에 잘 안 맞네요. 정은희 씨라고 부르는 것도 좀 그렇고."

"아니에요. 그냥 정은희 씨라고 불러 주세요. 그게 당연합니다. 이렇게 인정해 주신 것만도 정말 감사할 따름입니다."

"예, 알았어요. 일단 두 채 더 예약했으니까 천천히 기다려 보세요. 다음 차례는 분명 정은희 씨니까요."

"아아……."

"뭐해. 은희야. 어서 인사드리지 않고."

"감사합니다. 감사합니다. 정말 감사합니다. 흐흐흑."

요리가 입으로 들어가는지 코로 들어가는지 정신없는 식사 시간을 보내고 난 허탈해하는 강희철을 데리고 복덕방으로 갔다.

주인장 할아버지는 또 찾아온 나를 보고 혹시 무슨 문제라

도 생겼는지 지레 놀란 표정을 지었다. 잘 좀 봐달라고 돈백
을 먹인 터라 그 놀람이 더 컸다.

"아아, 이상한 일 때문에 온 거 아니에요. 다른 일 때문에
온 거예요."

"휴우~ 그래요? 근데 무슨 일이오?"

말도 존댓말이다.

"저기 석촌호수 쪽 좀 아세요?"

"경기장 짓는 근처의 그 조그만 호수요?"

"예."

"알죠."

"그 땅도 좀 손에 닿아요?"

"그 땅도 사려고……요?! 가만. 잠시만 있어 보세요. 어디
보자~."

수첩을 뒤진다.

그 모습을 보는데 문득 이런 생각이 들었다.

저 수첩엔 대체 무엇이 적혀 있을까.

"어! 여긴 서울시 부지인데."

"예?"

"석촌호수 반경으로 있는 녹지 전부가 다 서울시 부지라네요."

수첩에 저런 게 적혀 있다고?

그나저나 그 땅이 서울시 부지였나? 일반 부지가 아니라?

그렇군.

뭔가 좀 일이 어렵게 돌아가는 느낌이었다.

이것저것 안 되면 알박기나 하려 했는데 서울시 부지면 전부 사든가 말든가엿다.

게다가 한강 고수부지까지는 잠실주공 5단지가 들어서 있어 다른 여지가 없었다.

포기해야 하나?

아니다. 그래도 한번 침이나 발라보자.

"그 녹지 시세 좀 봐 주시고요. 개발 계획이 있는지 운도 좀 띄워 주시고요."

"그야……. 뭐. 시청에 들어가 보면 알 수 있는데. 혹시 급한 거요?"

"빨리 알수록 계산이 빠르겠죠."

"알았소. 맡겨 두시오. 내가 살살 뽑아 볼 테니."

맡겨 두고 은행으로 간 난 회사에서 받은 현금 3천만 원을 넣었다. 안 그래도 특허부터 여기저기 돈 쓸 일이 많았는데 잘됐다.

그나저나 강희철은 오늘따라 생각이 많은 표정이다.

그렇게 이해했다.

기업이 할 수 있는 복리후생 중 최상을 봤으니 상대적 박탈감이 크겠다고.

그를 돌려보내고 오늘은 좀 쉴까 하는데 전화가 왔다.

"여보세요?"

[어! 전화 받네. 회사에 전화했더니 안 나왔다고 해서.]

이호진이다. 위대한 탄생의 키보디스트이자 오필승 엔터테인먼트의 등기 이사.

"아, 예."

[대운아.]

"예."

[너 아파트 사서 직원들에게 빌려주기로 했다며?]

"들으셨어요?"

[어, 방금. 그거 참 좋은 생각이다. 회사 사람들끼리 모여 살면 제일 좋지. 그거 나도 포함되지? 언제쯤 진행되는데?]

질문이 이상했다.

회사에 전화했다고 하지 않았나? 정은희랑 통화했을 텐데 못 들었나?

아닌가? 조용길에게 다이렉트로 들었나?

"아까 오전에 다섯 채 계약했어요."

[뭐?! 벌써?]

"혹시 아파트 사는 거 별로세요?"

[설마…… 나야 감사합니다지.]

"남은 직원들도 복덕방에 얘기했으니 나오는 대로 잡을 거예요. 사람들 이사 가면 도배랑 청소해 놓을 테니까 시간 내서 구경 오세요."

[허어…… 넌 정말 빠르구나.]

"근데 그것 때문에 전화하신 거예요?"

[엉?]

"전화요."

[아! 아니아니아니. 거기 뭐야. ……그렇지. 그렇지. 그 피아노 선생. 구했다고.]

"구하셨어요?"

[어찌어찌 구하긴 했다. 내 아는 형님의 형님의 형님의 아들이 피아노 좀 친다고 하더라고. 바이올린도 한 5년 만져 봤다고 하고 재능도 꽤 좋다고 하더라고. 무엇보다 너희 집이랑도 가깝고.]

"그래요?"

[중학생 형이래. 괜찮지?]

"저야 뭐. 언제 와요?"

[내일 갈 거야.]

바쁜 와중에도 내 부탁을 잊지 않은 모양이었다.

고맙게.

다행이었다. 여차하면 피아노 교습소에라도 등록할 생각이었는데.

그래서 더 고마웠다. 내가 복리후생을 강화한 보람을 다시 느끼게 해 줘서.

그런데 다음 날 약속 잡고 온 중학생 형을 보는 순간 난 이게 뭔가 싶었다.

옴마야, 이 형이 왜 여기에!

"안녕하세요. 오늘부터 대운이 피아노 가르쳐줄 김헌철이라고 합니다."

"아이고야, 니가 온다던 그 피아노 선생이가? 잘생겼네. 어서 온나. 여 온나."

"감사합니다."

"중학생이라 캤제? 어디 중학생이고?"

"저기 길 너머 언북중학교에 다닙니다."

"언북?"

"압구정동에서 새로 생긴 학교예요. 제가 들어가면서 생겨서 잘 모르실 거예요."

"그래? 부모님을 잘 계시나?"

"두 분 다 잘 계십니다."

"신통키도 하제. 중학생밖에 안 됐는데 우째 이리 의젓할꼬."

더 놔두면 사돈의 팔촌까지 물을 기세라 할머니를 말리고 선생님을 가로챘다.

"형."

"웅?"

"들어가요. 저 방에 피아노 있어요."

"어, 어, 그래?"

"맞다. 내 정신 좀 봐라. 들어가 있어라. 할매가 과일 잘라다 줄게."

할머니는 모른다.

부끄러워하며 움츠리는 이 까까머리 중학생이 나중에 대한민국에서도 손꼽는 작곡가 겸 프로듀서, 가수가 된다는 것을.

'춘천 가는 기차', '동네', '달의 몰락' 등 수없는 명작을 히트시키며 윤산, 유영섭과 함께 차세대 가요계를 이끌 동량으로 국민의 인정을 받는다는 걸.

인연이란 게 참 묘했다.

당장 5, 6년만 지나도 천재적인 재능으로 뭇 가수들의 가슴을 놀라게 할…… 소속사 가수들에게 대장이라 불리며 깐깐한 카리스마로 유명한 동안기획 김연 사장마저 직접 돈다발을 들고 계약 맺자고 덤빌 남자가 내 앞에 와 있었다.

솔직히 이걸 어떻게 판단해야 할는지 갈피가 잡히지 않았다.

회귀 보정이 진짜 있는 건지 아님, 우주의 기운이 나만 밀어주고 있는 건지.

김헌철이 내 손안에 들어오다니.

어떻게 할까?

이참에 불을 확 질러 줄까. 아니면 아직 작으니 키워서 먹을까?

김헌철에겐 둘 다 나쁜 선택이 아니었다. 어차피 천재라 불린 이들은 누가 뭐란다고 하고 누가 뭐란다고 안 하는 게 아니니까.

이 바닥에 올 사람은 도시락 싸가며 말려도 방법이 없었으니.

"근데 형."

"응."

"이거 아르바이트 아니에요?"

"너 아르바이트란 말도 알아?"

"예."

"이야~ 존댓말도 잘 쓰고. 너 엄청 예의 바르구나. 맞아. 나 지금 아르바이트 온 거야."

"알바는 왜 하시는 거예요?"

"알바? 아아, 아르바이트구나. 당연히 돈 벌려고 하지."

몰라서 묻는 게 아닌데.

김헌철의 집은 갑부는 아니더라도 결코 못 사는 집은 아니라고 들었다.

"그러니까요. 돈이 왜 필요하세요? 아! 다른 뜻은 없고요. 중학생이 돈 벌려고 하니까 궁금해서 그래요. 나도 나중에 혹시 알바 할 일이 있을 수도 있잖아요. 중학생 되면 돈 많이 필요해요?"

"으응? 아아, 그런 건 아니고 그냥 사고 싶은 앨범이 좀 있어서. 앨범이 너무 비싸거든."

앨범값 충당이라.

일리 있는 이유였다.

중학생에게 LP는 인간적으로 먼 나라 공주님 이야기였다.

무지막지한 고가.

성인도 큰마음 먹어야 겨우 한 장 살 수 있을 가격이니까.

부모님께 사달라고 조르는 것도 한두 번이고 미래의 천재라도 용돈은 궁할 수 있었다.

하지만 궁금한 건 그것만이 아니었다.

"근데 학교는 어떻게 하고 여기 온 거예요? 학교에 있을 시간 아니에요?"

지금은 평일로 오후 1시로 넘어가는 시간대였다.

대한민국에서 정상적인 교육 과정을 밟고 있는 나잇대라면 이 시간엔 당연히 학교에 있어야 했다.

"너는 애가 무슨 어른이 묻는 것 같냐. 나 학교 안 가도 돼. 방학이야."

"아!"

방학이구나.

7월 말이니 완벽한 방학.

내가 너무 격하게 고개를 끄덕였던지 김헌철은 피식 웃으며 내 머리를 또 쓰다듬었다.

"대운이가 형한테 관심이 많구나."

"그럼요. 저한테 처음 피아노를 가르쳐 줄 선생님이신데요."

"그래? 내가 처음이야?"

"예."

"으음, 그러면 시작하기 전에 잠깐만 자기소개하는 시간을 가질까? 너야 일곱·살이고 피아노를 배우고 싶은 학생이니

됐고 나는 사실 우리 아빠한테 아르바이트 추천받아서 온 거야. 엄마는 이 사실을 몰라."

"그래요?"

엄마는 음악 하는 걸 반대하는 모양이다.

하긴 이때 어른들에겐 판검사나 의사가 최고니까. 물론 이 직군들은 나중에도 힘이 세다.

"한국에 들어온 지 이제 3년 됐나? 그 전까지 형은 사우디에서 5년 살았거든."

"사우디에서도 살았어요? 거기 사막 이런 데 아니에요?"

"맞아. 그래도 내가 있던 데는 괜찮았어. 뭐 1시간만 나가면 사막이 나오긴 했는데. 어쨌든 국민학교 1학년 때 갔다가 6학년 때 돌아온 거야. 어려서부터 피아노를 주로 배웠고 바이올린도 어느 정도 해. 다른 악기도 조금씩 만질 줄 알고. 이 정도면 소개했다고 보면 되는 거지?"

"충분해요. 환영해요. 형."

"하하하하하, 너 정말 귀엽구나."

계속 내 머리를 쓰담쓰담 한다.

"그럼 형은 주 종목이 피아노겠네요. 연주 한 번 들어 볼 수 있어요?"

"아유, 말도 엄청 잘하네. 너처럼 말 잘하는 애는 처음 본다야. 알았어. 내 연주를 듣고 싶다고? 뭘 연주해 줄까. 동요 불러 줄까?"

"아니요. 가요요. 팝도 좋고요."

"뭐야. 벌써 팝이랑 가요를 들어?"

"그럼요."

당대 최고의 가수랑 앨범 작업도 했는데요.

"으음, 그러면 팝으로 할까?"

"좋죠."

"오케이, 어디 보자. 뭐가 좋을까?"

준비 시간은 별로 필요치 않았다.

우리 집 피아노 건반의 느낌을 잠시 보던 김헌철은 곧장 연주에 들어갔는데 귀에 아주 익은 멜로디가 튀어나왔다.

올리비아 뉴튼존의 Take Me Home, Country Roads였다.

이 명곡이 여기에서 나오다니.

우리에겐 Country Roads로 더 익숙한 곡.

들으면 들을수록 사람의 향수를 자극하는 곡이라.

본래 이 곡은 1971년 미국 출신 컨트리가수 존 덴버의 네 번째 앨범 Poems, Prayers & Promises의 수록곡으로 너무나 큰 사랑을 받았고 싱글로도 재발매해 그해 US 차트 2위까지 오른 대곡이었다.

이후 수많은 가수가 커버했는데 올리비아 뉴튼존 버전은 1973년 그녀의 앨범 Let Me Be There에 수록됐고 이 역시도 같은 해 싱글로까지 발표되었다.

우리나라는 일본 애니메이션 '귀를 기울이면'의 OST로 훨

썬 친숙한데 혼나 요코(ほんなようこ)의 버전이 담담하니 듣기 참 좋았다. 올리비아 뉴튼존이 부른 'Let Me Be There'도 개인적으로 좋아했다.

그 곡을 김헌철이 연주하며 부르고 있었다.

가창력 위주의 가수는 아니지만, 쫀쫀하니 표현력이 좋았다. 조용히 듣고 있다 보면 어느새 정겨운 시골길을 걷고 있는 듯한 느낌이라.

훗날 그가 작곡한 '동네'도 결국 자기가 뛰어놀던 압구정동을 기반으로 쓴 노랫말이니 김헌철에겐 컨트리의 피도 어느 정도 흐르는 것이 틀림없었다.

물론 그가 앞으로 내놓을 곡 전반은 거의 뼛속까지 시티팝 추종자 느낌이 나긴 했다.

어쨌든 지금은 확실히 유연하였다.

짝짝짝짝

3분 남짓한 곡이 끝나며 나는 박수로 그를 다시 환영했다.

안 되겠다.

넌 이제 내 어장에 살아라.

"괜찮았어?"

"좋았어요. 노래도요."

"정말?"

"재능이 넘쳐요. 아니아니, 아주 잘해요. 듣기 편했어요."

"그래? 이야~ 기분 정말 좋다야. 우리 엄마는 나 음악 하는 거 싫어하거든. 공부해야 한다고. 아빠 아니었으면 음악은 손도 못 댔을 거야. 이럴 거면 어릴 때 피아노는 왜 가르쳤는지. 쩝."

"원래 어른들은 음악을 딴따라라고 싫어하잖아요. 뭔지도 관심 없고. 조용길 노래는 좋아하면서."

"그치? 좀 이율배반적이지? 맞아. 우리 엄마는 이 좋은 걸 왜 그렇게 싫어하는지 모르겠어."

"형은 힘들어요?"

"아니, 뭐 엄마 말도 일리는 있으니까. 근데 넌 피아노를 왜 배우려는 건데?"

"그야 자유로워지고 싶어서죠. 마음대로 연주하고 마음대로 음악의 세계에 빠져들고 싶어서예요. 언제까지 남이 쳐 주는 멜로디에 만족할 순 없잖아요?"

"……"

입을 떡 벌린다.

"왜 그렇게 보세요?"

"너 일곱 살 맞아? 어떻게 일곱 살이 그런 말을 해? 너무 어른스럽잖아."

"그런 얘기 자주 들어요. 희한한 놈이라고."

"뭐 하여튼 그게 중요한 건 아니지. 같이 음악을 사랑하는 동지인데. 그래서 무얼 어떻게 배우고 싶은데?"

"바로 실전에서 쓸 수 있는 연주법을 배우고 싶어요. 체르니 이런 단계 거치지 말고."

피아노에 입문하면서 가장 많이 듣는 이름이 아마도 체르니일 것이다.

카를 체르니.

오스트리아의 음악가이자 음악 교육가로 악성 베토벤의 제자로도 유명한 사람.

그가 제자들을 가르치기 위해 만든 연습곡의 묶음이 바로 '체르니'였고 피아노를 깊게 배울수록 마주쳐야 할 '체르니 100 - 체르니 30 - 체르니 40 - 체르니 50'은 수준별 학습과정과 같았다.

RPG 게임의 공략 순서 같은.

각 과정마다 험난한 코스라 떼는 데만 5년 이상, 10년을 기약 못할 수도 있었다.

내가 전공자도 아니고 그런 짓을 할 순 없지 않겠나.

"그럼 코드 연주법을 배우고 싶구나."

"맞아요."

"혹시 화성악은 아니?"

"당연히 모르죠. 아니, 이 계통에 대해선 아무것도 몰라요. 저기 건반 어디를 눌러야 '도'가 나오는지도 다 몰라요. 이게 지금 제 수준이에요."

"그래? 하아…… 그럼 손가락 번호 매기는 법도 모르겠네."

"그게 무슨 얘긴지도 몰라요. 완전 초짜. 집에 자동차는 있는데 운전할 수 없는 사람처럼요."

"으음……."

잠시 곤란한 표정을 짓던 김헌철은 이내 툭툭 털어 내듯 미소 지었다.

"뭐 상관없어. 누군 처음부터 피아노를 알고 태어나나? 하나씩 단계를 밟아 가면 돼."

"그래요?"

"대신 내 말을 잘 따라 줘야 해. 공부도 열심히 해야 하고. 잘할 수 있겠어?"

"그건 걱정 마세요. 의욕 충천이에요."

"하하하하하, 귀여워. 알았어. 그럼 운지법부터 배워 보자. 운지법이 왜 중요하냐면……."

김헌철의 설명이 시작되었다.

운지법이 뭐고 그걸 왜 배워야 하고 어째서 중요한지.

가만히 들으며 난 내 교만이 조금씩 수그러드는 걸 느꼈다.

이 형을 만나기 전까지 난 피아노고 뭐고 대충 치면 될 거라 생각했다. 코드라는 걸 배워서 어떻게든 누르면 되지 않겠나 하고.

그러나 아니었다.

피아노는 운지법(터치)이 시작과 끝이었다. 모든 운동에 자세가 중요하듯 피아노도 내 손가락에 제대로 된 번호를 넣을 수 없다면 결국 겉만 핥게 된다는 것.

유명 피아니스트인 외르크 데무스의 말을 인용하자면,

- 어떤 곡을 외울 때는 반드시 지정 운지법도 같이 외우는
게 좋다.

악보 읽고 박자 맞추는 건 나중에 천천히 해도 된다.

다른 건 다 술술 넘어가도 이것만큼은 절대로 양보할 수 없
다는 김현철은 운지법에 대해 이렇게 정의했다.

"운지법이란 어떤 음부를 칠 때 어떤 손가락을 사용할지
지정하는 건데 이게 왜 중요하냐면 나오는 곡 대부분이 치밀
한 설계에 의해 제작됐기 때문이야. 너도 알겠지만 로봇을 만
들 때도 설계도를 무시하면 안 되잖아. 이것도 마찬가지야.
무시하고 제멋대로 쳤다간 반드시 어느 부분에서 이탈이 나
게 돼. 뭐 한두 번은 임기응변으로 넘길 수도 있겠지. 헌데 나
중엔 몇 번 틀리지 않고는 도저히 완주할 수 없게 되는 지경
에까지 이르러. 연주자로서 참담해지는 거지."

개념을 꽉 잡고 제대로 된 기초를 닦아 놓지 않으면 연주할
때마다 손가락이 꼬이는 경험을 하게 될 테고 그 때문에 피아
노 앞에만 앉으면 불안해질 거라고.

모두 옳은 말이라 달리 저항하고픈 마음은 1도 일어나지
않았다.

작곡가의 길을 걷기로 한 이상 나에게 연주는 언제 어디서
벌어질지 모를 이벤트와 같았다.

그런 자리에서 자꾸 틀린다?

오우, 쉣!

상상도 하기 싫었다.

"그래서 곡마다 바른 운지법을 찾는 게 제일 중요해. 할 수 있다면 전문가의 자문을 받아서라도 해 놓는 게 좋지. 알아들었어?"

"명심할게요."

"좋았어. 그럼 이제 아까부터 말하던 손가락 번호가 뭔지부터 살펴볼까? 여기 도레미파솔라시도가 있어. 이걸 순서대로 친다고 한다면……."

손가락 번호는 도레미파솔라시도에 번호를 매기는 작업이었다.

예를 들어 이런 식.

도레미파솔라시도 - 12312345.

한 틈에 여덟 번의 건반을 치게 될 텐데 손가락 번호는 지정된 건반을 누를 손가락에 번호를 매기는 작업이었다.

이때 문제가 눌러야 할 건 여덟 개인데 손가락이 다섯 개밖에 없다는 것.

그래서 도래미까지는 엄지, 검지, 중지로 치고 파부터 다시 엄지가 시작되며 여덟 개 음을 완성시키게 된다는 것이다.

오른손 엄지가 1, 검지가 2, 중지가 3, 다시 엄지가 1, 검지가 2······ 이런 식으로.

거꾸로 내려올 때는 또 역순이다.

물론 이것도 흰건반이 시작이냐 검은 건반이 시작이냐에 따라 다르긴 한데 우선 내가 배운 건 여기까지였다.

복잡복잡.

하지만 또 손가락으로 눌러 보니 설명으로 듣는 것보다는 훨씬 간편했다. 무엇이 어떻고 그 원리를 기초부터 배우니 금세 이해되었고 오른손 도레미파솔라시도만 약 30분간 손에 익을 때까지 쳐 댔다.

"어렵지 않아?"

"재밌어요. 손가락이 자기 마음대로 움직여서 웃기긴 한데 그래도 재밌어요."

"다행이다. 싫증 안 내서."

"싫증을 왜 내요. 그건 걱정 마세요. 저 열심히 할 거예요."

"정말이지?"

"그럼요. 이참에 어떤 곡이든 혼자서 연주 가능할 때까지 배울 생각이에요."

"오오, 멋진데."

엄지를 세워 준다.

"계속할까요?"

"아니. 이제는 쉬어 줘야 해."

"왜요? 더할 수 있어요."

"넌 아직 어려서 손도 작고 무리하면 안 돼. 운지법도 네 손 크기에 맞게 수정할 줄 알아야 하고 아무튼 잠시 쉬자. 기초만 잡으면 네 마음대로 쳐도 좋아."

"알았어요."

"으응? 벌써 오후 2시네. 쉬는 김에 형이랑 라디오 들을까? 너 라디오 들어?"

"듣죠."

라디오를 켰다.

마침 김광안의 팝스 다이얼이 시작하고 있었다.

"형이 좋아하는 라디오 프로그램이야. 팝 동향이랑 해외 음반들을 전문적으로 다뤄 주거든. 이 정도까지 풀어 주는 사람이 대한민국에 없어. 같이 들을래?"

"좋아요."

그렇지 않아도 인트로와 함께 DJ가 담담한 목소리로 My turn이라고 외쳤다. 어서 와 들으라고. 이제 시작한다고.

아무 생각 없이 라디오 앞에 앉았다.

그때 전혀 생각지도 못한 얘기가 흘러나왔다.

〈3권 끝〉

빵소니로 요절했던 죽음의 기억이 강렬한데,

'……내가 조휘?'

다 쓰러져 가는 조가철방의 차남이 되었다.
날아가는 새를 떨어뜨릴 권세도,
의지를 관철시킬 무력도 없다.
일가족을 몰살시킬 어마어마한 빚만 있을 뿐.

허나 그 누구도 경험하지 못했을
비장의 한 수가 남아 있으니.

"아버지, 조가철방을 물려주십시오."

문명의 이기를 총동원한 현대인의
중원무림 성공기가 지금 시작된다.